www.bbulmedia.com

www.bbulmedia.com

www.bbulmedia.com

1판 1쇄 찍음 2016년 9월 12일
1판 1쇄 펴냄 2016년 9월 23일

지은이 | 정사부
펴낸이 | 정 필
펴낸곳 | 도서출판 뿔미디어

기획 · 편집 | 한관희 · 선우은지

출판등록 | 2002년 9월 11일 (제1081-1-132호)
주소 | 경기도 부천시 원미구 소향로 17번길(두성프라자) 303호 (우) 14544
전화 | (032)651-6513 / 팩스 032)651-6094
E-mail | bbulmedia@hanmail.net
홈페이지 | http://bbulmedia.com

값 8,000원

ISBN 979-11-315-7407-2 04810
ISBN 979-11-315-7112-5 04810 (세트)

※파본은 구입하신 서점에서 교환하여 드립니다.

정사부 현대 판타지 장편 소설

Hunting
Frontier

헌팅 프론티어

⟨6⟩

BBULMEDIA FANTASY STORY

뿔─미디어

목차

Chapter 1

경매

　전 세계의 헌터 협회와 중, 대형 헌터 클랜에 동일한 공문이 동시에 발송되었다.

　발송지는 바로 아시아에 있는 대한민국 헌터 협회였다.

　대한민국 헌터 협회장의 이름으로 발송된 공문의 내용은 다름 아닌 대한민국 헌터 협회의 주관으로 한 달에 한 번씩 정기적으로 다양한 종류의 아티팩트를 경매한다는 것이었다. 경매의 상세한 내용이 기재되어 있고, 관심이 있는 이들은 참여하라고 권유하는, 말 그대로 경매 초대장이었다.

　공문을 받은 당사자들은 모두 당황스러워했다.

　아티팩트는 사실 없어서 못 파는 물건이다. 습득 자체가 완전히 운에 달린 어려운 일이기 때문에 작정하고 찾는다고 해도 찾기 힘들었다. 수요에 비해 공급이 너무 적고, 불확실한 것이다. 경매는 사실상 대형 경매 회사에서 거의 독점으로 이루어지고, 그나마도 많은 수가 나오는 것도 아니었다.

그런데 한 달에 한 번씩 정기적으로 경매를 실시하겠다니, 도대체 얼마나 많은 숫자의 아티팩트를 모았다는 것인가. 당황스러우면서도 호기심이 이는 것은 당연한 이치였다. 공문을 받은 각국 협회와 클랜들은 반신반의하면서도 경매에 참여하기 위해 몰려들었다.

일부에선 대한민국에서 타이탄에 이어 대형 던전이 발견된 게 아니냐고 말하기도 했다.

그것은 사실이 아니었다. 어떻게 대한민국 헌터 협회에서 발송한 공문의 내용이 외부에 흘러갔는지는 모르겠지만, 그것이 누군가의 입에서 흘러나왔다가 와전되며 만들어진 유언비어였을 뿐이다. 공문을 받은 사람들은 코웃음을 쳤다. 대형 던전이 발견된다고 해서 아티팩트가 무조건 쏟아져 나오는 것도 아니기 때문이다.

그렇지만 일부 소규모 헌터 클랜들은 이를 완전히 헛소문으로 치부할 수만은 없었다. 공문을 받지 못한 그들은 소문을 믿고 혹시나 자신들도 아티팩트를 구할 수 있을지 모른다는 희망을 가지고 대한민국으로 향했다.

† † †

쿵! 쿵! 위잉!

커다란 대장간.

기계 돌아가는 소리가 요란하게 울리고 있었다. 한쪽에서는 방화복 사이사이로 검붉게 그을린 피부가 보이는 사람들이 집게를 들고 서 있다. 대장장이들이 기계식 해머에 붉게 달군 쇠를 집어넣고 무언가를 만들고 있는 모습이었다.

그것은 바로 근거리 공격을 하는 헌터들의 주력 무기인 바스타드 소드였다.

90~120㎝의 긴 검신을 가지고 있는 바스타드 소드는 한 손으로 쓸 수도 있고 양손으로 사용할 수도 있는 무기로, 어떤 상황에서도 몬스터에게 피해를 입혀야 하는 많은 근거리 딜러들에게 가장 인기 있는 검이었다.

이미 완성된 바스타드 소드들이 한쪽에 수북하게 쌓여 있었다. 하지만 장인들은 한시도 쉬지 않고 계속해서 바스타드 소드를 만들었다.

이것은 비단 이곳 제일 대장간만의 모습은 아니었다.

바로 이 옆에 자리한 서울 대장간에서도 똑같은 작업이 이뤄지고 있었다. 서울 대장간의 장인들은 타워 실드라 불리는 대형 사각 방패를 대량으로 제작 중이었다. 그리고 그 옆의 또 다른 대장간인 형제 대장간에서 또한 바스타드 소드보다 더 거대한 검인 그레이트 소드를 대량 생산하고 있었다.

크로스 보우의 경우는 대장간에서 제작을 하지 않았다. 크로스 보우는 바스타드 소드나 타워 실드와는 다르게 여러 가지 부속을 결합해서 만들어야 하는 복잡한 물건이기 때문이다.

그러나 바스타드 소드와 그레이트 소드, 타워 실드 이 세 가지의 주문만으로도 워낙 많은 물량이기 때문에, 세 대장간들은 그야말로 살인적인 작업 일정을 소화해 내고 있었다.

그들은 끝날 기미가 보이지 않는 힘든 작업에도 기꺼이 의뢰를 받아들였다. 정말 오랜만의 대형 의뢰이기도 했지만, 의뢰인에게서 물건만 좋다면 앞으로도 계속해서 이렇게 주문할 예정이라는 말을 들은 것이다. 덕분에 장인들은 벌써 보름째 작업에 몰두하고 있었다.

사실 뉴 서울에 있는 대장간들은 모두 심각한 경영난에

허덕이고 있었다.

그들 대부분은 고객인 헌터들을 확보하기 위해 지구에서 게이트 너머 뉴 서울로 이전했다.

그런데 힘들게 이전하고 나서 보니, 한정된 공간에 비슷비슷한 대장간들이 너무 많이 몰렸다. 지구에 있을 때보다 오히려 더 경쟁이 심해졌다.

결국 어렵기는 지구나 뉴 서울이나 마찬가지였다. 모든 대장간들이 한 번의 주문, 한 명의 헌터를 확보하기 위해서 그야말로 피 말리는 경쟁을 해야 했다.

그러한 와중에 뜻하지 않게 갑자기 엄청난 일감이 들어온 것이다.

여러 대장간들은 이 의뢰를 나누어 맡기로 결정했다.

몬스터 사냥을 위한 헌터들의 무기와 방어구는 간단하게 찍어내기만 하면 되는 물건이 아니다. 사람이 직접 다루어야 하는 어려운 작업이고, 시간도 오래 걸린다.

대장간 한 곳에서는 전 직원이 제작에 매달려도 도저히 주문한 물량을 채울 수 없다. 짧은 납품 기한을 생각하면 더욱 불가능한 일이었다.

때문에 대장간 사장들은 욕심을 버리고, 각자 감당할 수 있는 범위 내에서 의뢰를 받았다.

그렇게 해도 한동안 꺼져 있던 용광로를 24시간 때워야 했고, 쉬지 않고 작업을 해도 빠듯했다.

총 900점의 무기와 방패를 제작하는 대형 의뢰.

그것을 20일 내에 완성을 해야 하는 어려운 일이었다.

벌써 보름 동안 전력으로 일했다. 아마 이번 일이 끝나면 대장간 직원들은 며칠씩 앓아눕게 될 것이다.

그러나 오랜만에 지겹도록 일할 수 있게 된 장인들은 기쁨에 절로 힘이 나는 듯했다. 그들은 밤낮을 가리지 않고 작업에 매달렸다.

"수고들이 많네, 이것 좀 먹고 하지!"

제일 대장간 사장인 유인성이 참을 가지고 와서는 더운 대장간 안에서 쉬지도 못하고 작업을 하고 있는 장인들을 보고 외쳤다.

"예, 이것만 마무리하고 먹겠습니다!"

"네, 잠시만요!"

대장간 여기저기서 작업을 하던 장인들과 작업자들이 대답했다. 그중 대부분은 하던 일을 놓지 못하고 여전히 분주한 모습이었다.

유인성 사장은 일을 멈추고 다가온 일부 직원과 장인들에게 참을 맡기고, 다시 사무실로 돌아갔다.

그사이 사무실에는 손님이 와 있었다.

"아이고, 손님이 와 계신 줄도 모르고… 알았으면 바로 들어왔을 텐데, 이거 기다리게 해서 죄송합니다."

"아닙니다. 약속 시간보다 제가 좀 일찍 도착을 했을 뿐입니다."

유인성 사장이 고개를 절레절레 저으며 사과했다. 사무실에 덩그러니 앉아 있던 손님이 얼른 자리에서 일어나며 인사를 받았다.

"자, 앉아서 이야기하시지요."

"네."

장인들에게 기쁨의 비명을 지르게 한 초대형 의뢰인, 바로 정진이었다.

정진이 진지한 표정으로 물었다.

"내일 모레까지 300개의 수량을 정확하게 맞출 수 있겠습니까?"

"예, 가능합니다. 사실 처음엔 조금 빠듯하긴 했지만, 지금 작업 속도라면 내일 오후 8시 전에 끝낼 수 있을 듯합니다."

"아, 그렇습니까?"

자신의 예상보다 이른 시간에 의뢰를 마칠 수 있다는 유인성 사장의 말에 정진은 눈이 커졌다.

주물로 틀을 잡아놓고 만드는 반복 작업인 만큼, 시간이 흐를수록 작업 속도가 오를 거라고는 예상했다. 그러나 자신이 의뢰한 것은 결코 쉬운 작업이 아니었다. 사실 정진은 의뢰를 하면서도 정말 기한을 맞출 수 있을 거라고는 기대하지 않았다.

그런데 보름 만에 200개가 완성되었다. 거기에 남은 100개 또한 3일 안에 마무리될 거라는 얘기였다.

'생각보다 이곳 대장간의 능력이 괜찮은걸.'

예전에 일하던 대장간을 생각하고, 정진은 뉴 서울의 대장간들도 아마 고만고만할 것이라고 생각했다. 그저 헌터들이 사용하는 무기들을 수리하고 보수하는 정도, 아니면 품질이 낮은 싸구려를 만들어 파는 것이 주 업무이리라고 예상했다.

그런데 의뢰를 맡긴 대장간들의 실력이 기대 이상으로 좋았다.

원래 정진은 의뢰를 하기로 계획하면서, 함께 일하던 인연도 있기에 함께 일을 했던 아저씨들에게 일감을 주려고 했다. 그러나 어렵게 찾아보니, 뉴 어스로 옮긴지 몇 달도 되지 않아 폐업했다는 말을 듣게 되었다.

헌터 프론티어

사실 예전 정진이 일하던 대장간은 실력이 다른 대장간에 비해 좋지 못했다. 경쟁도 심했지만, 헌터들에게 의뢰를 따내지 못한 근본적인 이유는 그 때문이었다. 때문에 뉴 서울로 옮겨온 이후 경쟁에서 살아남지 못해 문을 닫고 만 것이다.

　결국 다른 대장간에 대해서는 잘 알지 못하는 정진이 난감해하던 찰나, 헌터 협회에서 정진에게 손을 내밀었다. 마땅한 하청 업체를 찾지 못하고 있는 것을 어떻게 알았는지, 이기동 이사가 뉴 서울 지부를 통해 뉴 서울에 있는 대장간들 중 실적이 좋은 몇 곳을 추천해 준 것이다.

　이곳 제일 대장간도 그중 하나였다.

　"잠시 살펴봐도 되겠습니까?"

　정진은 유인성 사장에게 양해를 구하고, 물건의 상태를 살펴보기로 했다.

　생산 능력은 알아봤으니 이젠 품질을 검사할 차례였다. 자신이 설계한 대로 마법진이 정확하게 그려져 있는지 확인하려는 것이다.

　이곳 제일 대장간에서 생산하는 바스타드 소드에서 가장 중요한 것은 바로 자신이 특별히 의뢰한 마법진이었다.

　"그러십시오."

유인성은 바스타드 소드를 보여주기 위해 자리에서 일어나 작업장으로 앞장섰다. 정진은 얼른 일어나 아무런 말없이 그의 뒤를 따랐다.

다시 작업장에 나타난 유인성 사장으로 인해 장인들의 시선이 잠시 모이기는 했지만, 곧 고개를 돌려 자신의 작업을 계속했다. 할당된 물건을 기한 내로 끝마치기 위해선 마지막까지 쉴 새 없이 작업을 해도 빠듯하다. 한눈팔 시간이 없었다.

바쁘게 일하는 작업자들의 모습을 곁눈질로 살핀 정진은 자신도 모르게 작게 고개를 끄덕였다.

보통 사장이 작업장에 오면, 대부분의 장인들은 사장의 눈치를 보느라 제대로 작업에 집중하지 못한다.

그런데 제일 대장간은 각자 당장 해야 하는 자신의 일에만 몰두하고, 쓸데없는 눈치를 보지 않고 있었다. 유인성 사장 또한 작업에 방해되지 않도록 조용히 그들을 지나쳤다. 장인들 모두가 손길 하나하나 일체의 군더더기 없이 제작에 집중하고 있으니, 예상했던 것보다 진행 속도가 빠를 수밖에 없다.

정진은 그들이 각자 자신들의 작업에 자부심을 가지고 있는 진짜 장인들이란 것을 느낄 수 있었다.

"여기 있습니다. 무겁습니다."

비록 어리지만 말도 안 되는 대량 주문을 의뢰한 VVIP다. 유인성 사장은 정진에게 시종일관 정중한 태도를 유지했다. 품질 확인을 요청했는데도 기분 나빠하는 기색조차 없이, 당연하다는 듯 바스타드 소드를 넘겨주었다.

"음……."

정진은 바스타드 소드를 건네받아 꼼꼼히 확인하기 시작했다. 한쪽에 쌓여 있던 다른 바스타드 소드들도 무작위로 몇 개 뽑아 살펴본다.

우선 무게. 정진이 의뢰한 검은 상당히 무거웠다. 거의 5kg에 가까운 무게로, 형태가 비슷한 중세 바스타드 소드의 무게가 2.5~3kg 정도인 것을 감안하면 얼마나 무거운 검인지 알 수 있다.

들고 휘둘러야 할 검을 일부러 무겁게 제작하는 데에는 이유가 있었다. 일반적인 검이 인간을 상대로 하는 무기라면, 이 바스타드 소드는 몬스터를 공격하기 위한 것이기 때문이다. 몬스터는 가죽이 질기고, 인간보다 거대하여 일반적인 검으로는 상처를 입힐 수 없다. 거기다 인간보다 훨씬 강한 힘을 가지고 있기 때문에 도리어 검이 상할 수도 있다.

몬스터를 사냥할 수 있을 만큼 강하고 튼튼해야 하니, 더 무겁게 만들 수밖에 없는 것이다. 일반인보다 뛰어난 근력을 가진 헌터가 아니라면 마음대로 휘두르기도 버거운 수준이었다.

물론 검의 무게가 그토록 무거운 것은 단지 그 이유 때문만은 아니었다.

정진은 바스타드 소드의 검신에 일반 검과는 다른 특별한 쇠를 사용하도록 의뢰했다.

바로 강철과 마정석을 혼합한 합금이었다. 정진이 직접 특정 비율로 대량의 하급 마정석과 강철을 합성했고, 제일 대장간은 그것을 5kg로 나눠 검신을 제작했다.

손잡이에 새겨진 마법진과 하단에 붙어 있는 소켓도 다른 검에서는 찾아볼 수 없는 부분이었다. 이것 역시 정진이 직접 설계하여 의뢰한 것이다.

소켓에 마정석을 결합하면 마법진이 활성화된다. 검신에 마정석을 포함한 합금을 사용하도록 한 것은 마법이 더 쉽게 발현되도록 하기 위해서였다.

물론 마정석을 소켓에 부착하는 것은 정진이 직접 타라칸의 둥지로 가져가 하나하나 해야 하는 작업이므로, 검이 완성되는 즉시 마법진이 활성화되는 건 아니었다.

대장간에서 하는 작업은 말 그대로 마법진의 형태대로 손잡이에 음각을 새기고, 소켓을 부착하는 것이다.

작은 부분 하나하나까지 세심히 살펴본 정진은 제일 대장간에서 만든 바스타드 소드들에서 하자를 찾아낼 수가 없었다. 의뢰할 때 건넨 설계 그대로, 한 치의 오차도 없이 완벽하게 만들어져 있었다.

"완벽하군요."

"그렇지요, 저희 장인들의 솜씨는 단연코 대한민국 제일이라고 할 수 있습니다."

유인성 사장이 정진의 칭찬에 입가에 미소를 지으며 대답했다.

정진도 그 말이 맞다고 생각했다. 이 정도면 헌터 협회에서 직접 추천해 준 대장간 가운데에서도 으뜸이었다.

그는 오늘 제일 대장간에 들리기 전에 먼저 서울 대장간과 형제 대장간에도 다녀왔다. 서울 대장간이나 형제 대장간에서는 3% 정도 불량이 있었다.

불량이 있었다고는 하지만 사실 서울 대장간이나 형제 대장간의 실력도 떨어지는 것은 아니다. 정진이 의뢰한 물건들의 조건이 워낙 까다로운 데다가, 마법진을 새기거나 소켓을 다는 것은 장인들로서도 생전 처음 시도하는 작업이다. 거기에 짧은 납품 기간까지 생각하면 3% 정도의 오차

는 별것도 아니었다. 오히려 그 두 곳도 대단한 실력이라고
봐야 했다.

실제로 그 3%의 불량이 마법진에 들어가는 룬 문자가
아예 다르다거나, 빠져 있거나 하는 심한 불량인 것도 아니
었다. 그 불량품들은 마법진의 선과 선 사이의 간격이 조금
달랐는데, 수작업이기 때문에 발생하는 특징이라고 생각해
도 무방한 수준의 불량에 불과했다.

물론 마법은 정교한 작업과 완벽한 상태를 필요로 한다.
하지만 그렇다고 아주 융통성이 없는 것도 아니다. 불량품
또한 마법은 정상적으로 발휘될 것이다. 다른 정상 제품에
비해 효율이 약간 떨어질 수도 있겠지만 그뿐이었다. 사실
불량이라고 하기에도 미안할 정도였다.

그런데 그 미세한 오차조차도 제일 대장간의 바스타드 소
드에서는 나타나지 않은 것이다.

그러니 자부심이 드러나는 유인성 사장의 말에 고개를 끄
덕이지 않을 수 없었다. 누가 보아도 이곳 대장간의 수준은
대한민국 최고였다.

대장간에서 예상 외로 훌륭하게 작업을 해준 덕에, 경매
에 부칠 모든 아티팩트를 기한 내에 제작할 수 있을 듯했
다. 정진은 만족스럽게 고개를 끄덕였다.

✝   ✝   ✝

　경매 당일, 헌터 협회 앞 주차장에서 많은 직원들이 아침 일찍부터 상자를 나르기 위해 분주히 움직였다. 주차된 운송 차량에는 얇고 긴 상자들이 차곡차곡 쌓여 있었다.

　하나하나의 무게가 상당한 상자였지만, 이를 나르고 있는 협회 직원은 모두 헌터였기에 그리 힘든 일은 아니었다. 다만 담긴 물건이 절대 가볍게 취급해도 되는 종류의 것이 아니기에, 움직임은 아주 조심스러웠다. 상자 안에 담긴 것은 바로 경매에 부칠 아티팩트들이었다.

　그렇게 헌터 협회 소속 헌터들이 협회 앞에 쌓인 상자들을 옮기고 있을 때, 상자의 주인은 다른 곳에서 누군가와 이야기를 하고 있었다.

　탁.

　정진은 의자에 앉으며 품에서 주먹만 한 상자 하나를 꺼내 테이블 위에 올려놓았다. 마찬가지로 자리에 앉던 이기동이 상자를 내려다보고는 의문 가득한 얼굴로 고개를 들었다.

　"대통령께서 주문하신 것입니다."

다른 설명은 없었다. 이기동은 기대감 넘치는 시선으로 다시 상자를 내려다보았다. 고급스러운 무광 재질의 검은색 상자. 손에 드니 부피에 비해 상당한 무게감이 느껴졌다.

조심스럽게 상자를 열자, 틈새로 작은 빛이 새어 나왔다.

"아……."

이기동은 자신도 모르게 작은 감탄사를 흘렸다.

은빛의 팔찌 하나가 그윽한 빛을 발하고 있었다. 케이스가 그랬듯 별다른 장식 없이 밋밋한 형태로, 약 1㎝ 굵기의 언뜻 평범해 보이는 팔찌였다. 그러나 각도에 따라 은은하게 빛나는 무늬가 드러나며 보는 사람에게 신비감을 주었다.

"요구대로 바이탈리티 마법과 실드 마법, 그리고 모든 독에 대해 해독을 해주는 포이즌 큐어 마법이 들어 있습니다."

정진의 설명이 이어졌지만, 이기동의 귀에는 그런 설명이 하나도 들어오지 않았다. 팔찌를 본 뒤부터 넋이 반쯤 나간 듯 상자를 든 채로 굳어 있었다.

설명을 마친 정진이 다시 품에서 조금 전에 꺼내 놓은 것과 같은 상자 두 개를 더 꺼냈다.

"그리고 이것들은 하나는 제 일을 적극적으로 도와준 헌터 협회에 기증하는 것이고, 다른 하나는 이기동 이사님께 드리는 것입니다."

"예?"

굳어 있던 이기동이 잠시 어리둥절한 얼굴로 상자를 바라보았다가 눈을 크게 뜨며 반문했다. 정진이 고개를 끄덕이자, 얼굴이 대번에 환해진다.

그런데도 이기동 이사가 머뭇거리자, 정진이 팔찌가 든 상자를 더욱 앞으로 밀어 보였다.

"대통령님이 주문하신 것과 같은 것입니다."

"세상에, 이런 걸 받아도 되겠습니까?"

"받아도 됩니다. 이건 정말로 제가 드리고 싶어서 드리는 것이니 꼭 받아주셨으면 합니다. 그동안 여러 가지로 도움을 주시기도 했고, 앞으로도 폐를 끼칠 것 같아서요."

지금 눈앞에 있는 세 가지 마법이 들어간 팔찌는 절대 쉽게 만든 물건이 아니다. 아무리 정진이라고 해도 두 가지 이상의 마법을 적용하는 아티팩트는 자신의 모든 능력을 총동원하여야만 했다. 그렇기 때문에 처음부터 많은 숫자를 만들지 않았고, 사실 얼마 전까지만 해도 당분간 만들지 않으려고 생각했다.

하지만 대통령의 특별 주문을 받고 마음을 바꿨다.

앞으로 자신이 하려는 일은 무척이나 돈이 많이 필요한 일이었다. 단지 많다는 표현으로는 가늠할 수 없을 만큼의, 그야말로 천문학적인 비용이 들어갈 것이다. 마법으로 만든 아티팩트의 희소성이 약해져 가격이 조금이라도 떨어지기 전에, 미리부터 많이 벌어두는 것이 좋으리라는 생각이 들었다.

경매에 부치고 있는 대량 생산품만이 아니라, 구매자가 원하는 복수의 마법을 적용한 특별 생산품을 따로 만들어 팔기로 결심한 것이다.

그렇지만 아직까진 그렇게 많은 숫자를 만들 수는 없었다.

그러면서도 이렇게 헌터 협회와 이기동 이사에게 아티팩트를 만들어주는 것은, 특별한 세력에 포함되지 않은 자신에게 울타리가 되어줄 협조적인 우호 세력을 만들어두려는 생각이었다. 자신만을 위해 만들어진 귀중한 아티팩트를 선물한다면 누구에게든 호감을 이끌어낼 수 있으리라.

당장 바로 앞에 있는 이기동만 보더라도 그 효과를 짐작할 수 있다.

이기동은 이전부터 정진의 일에 협조적이었지만, 앞으로는 더욱 적극적으로 그를 비호할 것이 분명했다. 팔찌를 직접 자신의 팔에 차보며 함박웃음을 짓는 이기동을 보며, 정진이 빙그레 웃었다. 그것은 회심의 미소이기도 했다.

"경매는 어떤 방식으로 진행됩니까?"

“…….”

“이기동 이사님?”

“예? 아, 아… 뭐라고 하셨죠?”

팔찌에 정신이 팔려 있던 이기동이 뒤늦게 그를 돌아보았다. 정진은 웃음이 나왔다.

“하하, 그렇게 마음에 드십니까?”

“아, 죄송합니다. 너무 기쁜 나머지 그만…….”

“아닙니다. 마음에 들어 하셔서 다행입니다. 다름이 아니라 경매에 대해 자세히 듣고 싶은데요.”

“아, 네. 경매 말씀이시군요.”

멋쩍은 미소를 짓고 있던 이기동이 급히 경매 계획에 대해 설명하기 시작했다.

†   †   †

유럽 군수 업체인 하인켈 사(社)의 아시아 지사장인 미하일 그로모프는 한껏 인상을 찌푸리고 있었다.

그는 휴식도 없이 바쁘게 일하는 와중에, 굳이 시간을 쪼개 아시아의 변방인 한국까지 가야만 한다는 것이 별로 맘에 들지 않았다. 어쩔 수 없이 지사가 있는 홍콩에서부터

직항을 타고 한국에 도착했으나, 솔직히 시간 낭비라는 생각이 들었다.

그가 한국까지 온 이유는 얼마 전, 본사로부터 한국 헌터 협회에서 개최하는 대규모 아티팩트 경매 행사에 참여하라는 지령이 떨어졌기 때문이었다.

사실 미하일은 하인켈 사에서의 직위 말고도, 뉴 어스에서 발굴된 아티팩트의 절반에 해당하는 물량을 유통하는 대형 경매 회사의 지분을 가진 대주주이기도 했다. 때문에 경매에 익숙한 그는 헌터 협회에서 직접 개최하는 경매라는 말을 듣고도 별 감흥이 없었다.

한국 헌터 협회에 도착한 미하일이 프린트된 협회 공문을 비서에게서 받아들었다. 그는 한국 헌터 협회에서 보낸 공문도 제대로 읽어보지 않은 것이다. 내키지 않는 듯 공문을 들여다본 미하일의 눈동자가 커졌다.

'이것들을 다 어디서 구한 것이지?'

한두 점이 아니다. 거의 백여 개의, 동종의 아티팩트가 경매 물품으로 나온다고 소개되어 있었다.

이만한 개수의 아티팩트를 한국에서 수집했다는 점도 놀랍지만, 그뿐만이 아니라 습득한 아티팩트의 종류도 놀라웠다. 완전히 랜덤일 수밖에 없는 아티팩트가 마치 공산품처럼 일정한 종류였던 것이다.

아티팩트 자체의 가치 또한 마찬가지였다. 전부 클랜이나 헌터들이 쌍수를 들고 환영할 만한 무기류, 또는 아티팩트에 관심이 있는 사람이라면 누구나 눈을 부릅뜰 만한 장신구들이었다.

아티팩트는 보통 지니고 있는 에너지의 상태를 검사하여 분류되는데, 시간이 흘러도 자체적으로 에너지를 보충해 사용할 수 있는 영구형 아티팩트와, 사용 횟수가 정해진 소모형 아티팩트로 나뉜다.

에너지 반응을 살펴보니 경매에 나온 상품들은 전부 소모형 아티팩트였다.

그러나 영구형 아티팩트는 지극히 찾아보기 힘들뿐더러, 소모형이라고 해도 기능에 따라 가격은 천차만별이다. 어떤 효과를 발휘하냐에 따라 구매자의 선호도가 전혀 다르기 때문이다.

장신구 아티팩트는 반지와 팔찌의 두 가지 형태로, 지금까지 경매로 나온 그 어느 것보다도 뛰어났다. 하나가 아닌 여러 개의 기능이 붙어 있는 최상위 아티팩트들이었다.

무기류 또한 거대한 그레이트 소드와 바스타드 소드, 메이스와 타워 실드, 그리고 크로스 보우까지 다섯 종이나 되니,

구매자인 헌터들로서는 원하는 병기를 선택할 수도 있었다.

만약 공문의 내용이 사실이라고 하면, 경매에 나온 모든 아티팩트들이 상당한 가격에 낙찰될 것이다. 어디서 찾아보기도 힘든 여러 가지 기능을 가진 장신구들도 그렇지만, 무기형 아티팩트는 실물 자체가 찾아보기 어려운 만큼 헌터들에게 아주 유용할 것이다.

설령 사실이 아니라고 하더라도, 이번 경매 행사가 헌터들의 눈길을 한몸에 받을 것만은 불 보듯 빤했다.

공문을 읽은 미하일 그로모프는 마음 한편에 욕심이 꿈틀거렸다. 이런 아티팩트들을 자신이 주주로 있는 홍콩의 경매 회사에서 판매한다면 엄청난 돈을 벌어들일 수 있을 것이다.

그러나 특별한 국가 경쟁력이 없다는 생각에 평소 한국에 대해 무관심하던 그도, 비록 핵무기 보유국은 아니지만 한국이 상당한 군사력을 가졌다는 사실은 알고 있었다. 사장인 하인리히 정도라면 모를까, 섣부른 욕심으로 한국 헌터 협회에 압력을 가하기는 어려울 듯했다.

"그러고 보니 하인리히는 무엇 때문에 날 이곳으로 보낸 것이지?"

미하일이 펼쳐둔 공문을 덮으며 중얼거렸다.

그는 본사로부터 그저 '이번 경매를 살펴보고, 종류별로 아티팩트를 구입하라'는 지시를 받았다.

경매에 나온 것들은 모두 소모형 아티팩트들이기 때문에, 연구를 하는 것도 어려웠다. 어느 정도 시간이 지나면 에너지를 모두 소모하고 아티팩트로서의 기능을 상실하기 때문이다.

경매에 나온 아티팩트를 종류별로 사오라는 것도 이해가 가지 않았다. 대단한 상품이긴 하지만 세상에 단 하나 있는 것도 아니고, 같은 기능과 형태를 가진 여러 개의 아티팩트들을 한꺼번에 경매하고 있는 것이다. 이전에 발굴된 타이탄처럼 실용성 이전에 그 자체가 연구 가치를 가지고 있다면 모를까, 흔히 볼 수 있는 무기와 장신구 그 이상도 이하도 아니다.

"지사장님, 들어가실 시간입니다."

"알겠네."

손에 든 공문을 만지작거리며 고민을 하고 있을 때, 그의 비서가 다가와 경매장에 입장할 시간이란 것을 알렸다. 고개를 끄덕인 미하일이 경매장 안으로 발걸음을 옮겼다.

그의 뒤로 줄지어 서 있던 수많은 사람들도 웅성대며 입장했다. 미하일과 같은, 의문 반 호기심 반의 심정으로.

† † †

— 오늘 저희 대한민국 헌터 협회에서 주관하는 제1회 아티팩트 경매에 참석해 주신 내외빈 여러분, 진심으로 환영합니다.

경매장 정면의 단상에 서서 말하고 있는 사람은 검은 턱시도를 입은 이기동이었다.

안내 방송을 하는 동안, 장내에 모인 사람들은 좌석에 앉아 각자 정보를 얻기 위해 이야기를 주고받고 있었다.

— 먼저 소개해 드릴 경매 물품은 몬스터 헌팅에 필수라고 할 수 있는 무기들입니다. 강력한 대미지를 자랑하는 그레이트 소드와, 한 손과 양손, 어느 쪽으로도 사용할 수 있는 바스타드 소드, 그리고 몬스터의 공격을 안전하게 방어해 주는 타워 실드, 마지막으로 원거리 공격시 편리하게 이용할 수 있는 크로스 보우입니다.

웅성웅성.

제각기 이야기를 나누는 경매 참여자들을 바라보며 경매 물품을 설명하던 이기동이 미소를 띠며 단호하고 자신감 넘치는 어투로 덧붙였다.

헌터 프론티어

— 이 모든 물품들은 모두 저희 대한민국 헌터 협회에서 직접 판매하고 있습니다. 품질은 저희 헌터 협회에서 보증하겠습니다.

그러자 장내의 웅성거림이 더욱 커졌다.

경매 물품에 대해 반신반의하던 참여자들이 이기동의 확답을 듣고 각자 일행들과 수선대거나, 급히 소속된 곳과 통화하기 시작한 것이다.

— 자, 자. 너무 소란스러워지면 제대로 진행이 되지 않습니다. 원활한 경매를 위해 다들 말소리를 조금 줄여주시기 바랍니다. …네, 감사합니다. 판매될 아티팩트들이 실제로 어떨지, 모두 궁금해하실 거라고 생각합니다. 본격적인 경매에 앞서, 경매 물품들을 자세히 보여드리겠습니다.

팟! 팟!

순간 경매장 전체의 조명이 꺼지고, 단상 한가운데로 핀 조명이 들어왔다. 그곳에는 언제 가져다 놓았는지 객석에 잘 보이는 방향으로 거대한 검 한 자루가 놓여 있었다.

"아……."

누구의 입에서 나온 것인지는 모르겠지만 객석에서부터 낮은 감탄사가 터져 나왔다. 그것은 지금 경매에 참여한 모든 사람들이 느끼고 있는 감정과 같았다.

그레이트 소드였다. 양손으로 잡는 긴 검병에 음각된 유려한 무늬로부터는 희미하게 빛이 새어 나오고 있었다. 그 자체로도 신비한 모습이지만 그보다 더 놀라운 것은 검의 크기였다.

— 지금 보시는 것은 스트랭스(Strength) 마법이 담긴 그레이트 소드입니다. 검신의 길이만 2m, 무게는 30kg에 육박합니다. 하지만 전혀 걱정하지 마십시오. 스트랭스 마법을 활성화하면 소지자의 근력이 대폭 증가하여, 마치 나무 막대기처럼 가볍게 휘두를 수 있습니다. 그럼 시범을 보시겠습니다.

팟!

이기동 이사의 말이 끝나기 무섭게, 단상 한쪽에 또 하나의 핀 조명이 켜졌다. 조명을 받은 곳에는 지극히 평범해 보이는 한 남자가, 상의를 입지 않은 모습으로 서 있었다. 남자는 객석을 향해 간단히 목례를 하고는 단상 중앙으로 걸어왔다.

— 저희 협회 소속의 헌터분이십니다. 이분께서 직접 그레이트 소드의 사용 시범을 보여주시겠습니다.

이기동의 설명처럼, 남자의 손에는 어느새 경매 물품으로 나온 그레이트 소드가 들려 있었다. 그 앞에는 대략 한 팔

정도 너비에 검붉은 색을 띤, 무척이나 두꺼운 판자 같은 것이 고정되어 있었다.

객석에서 누군가가 중얼거렸다.

"포비아?"

— 네, 말씀해 주신 것처럼 이것은 포비아의 껍질입니다. 바로 이 그레이트 소드의 대미지를 시험하기 위해 준비한 것입니다.

이기동의 말에 사람들은 각자 놀란 표정을 지었다.

포비아는 지구의 개미에 비할 수 있는 뉴 어스의 몬스터였다. 그 형태도 개미와 유사하지만, 군집 몬스터라는 점도 같다. 다만 개미와 다른 점은 그 크기가 거의 2m가 넘는다는 점이다. 떼를 지어서 몰려들어 중급 몬스터인 오거도 잡아먹어 버리곤 하는, 공포의 대상이었다.

반면 마정석이나 살점 등 버릴 데가 없어서 사냥에 성공하기만 하면 제법 쏠쏠한 몬스터기도 했다.

그렇지만 포비아를 사냥하는 것은 쉬운 일이 아니었다. 화기에 닿을 경우 내부에 있는 마정석 외의 모든 부분이 변형되어 쓸모가 없어지기 때문이다. 거기다 군집을 이루기 때문에, 공격을 하면 신호를 받고 수십 마리가 몰려들었다. 결국 순식간에 숨을 끊어놓지 않으면 안 되는데, 온전히 자원을 얻기 위해서는 철저히 냉병기를 통한 물리력만으로 상대해야 하니 여간 까다로운 게 아니었다.

단상에 올라와 있는 껍질은 그런 포비아로부터 얻을 수 있는 중요 자원 중 하나였다.

― 아시다시피, 포비아의 껍질은 파워 슈트의 재료입니다. 쇠처럼 단단한 데다 아주 질기죠. 이것을 자르기가 얼마나 힘든지는 다들 아실 겁니다.

몇몇 사람들이 긴장하여 침을 삼켰다. 웅성거리던 경매장은 어느새 조용해져 있었다. 굳이 강조하지 않아도, 그 껍질을 뚫을 만큼의 강력한 힘이 있어야 한다는 걸 알기 때문이었다.

"파워 업."

시범을 보이는 헌터가 시동어를 외치자, 그레이트 소드의 손잡이에 새겨져 있던 무늬에서 나오는 빛이 강해졌다. 그는 그레이트 소드를 허공에 두어 번 휘둘러 보였다.

― 보시는 것처럼, 스트랭스 마법 덕분에 무게에 구애 받지 않고 쉽게 다룰 수 있습니다.

설명을 들을 필요도 없이 헌터가 그레이트 소드를 휘두르는 모습은 무척이나 가볍고 빨랐다.

"하압!"

쾅!

큰 기합 소리와 함께 그레이트 소드가 휘둘러졌다. 포비아의 껍질과 부딪치면서 단상 전체가 들썩이는 듯한 소리가 났다.

잠시 숨을 죽인 채 그것을 바라보던 사람들이 놀라움에 눈을 크게 떴다. 검을 들고 있는 것은 파워 슈트도 입지 않은 헌터다. 30㎏나 나가는 검을 눈부신 속도로 휘두를 수 있다는 것도 놀랍지만, 그 위력은 눈으로 보고도 믿기 힘든 수준이었다.

그레이트 소드와 부딪힌 포비아의 껍질이 정확하게 두 쪽이 나고 만 것이다. 포비아의 껍질을 저렇게 단번에 자를 수 있는 것은 아머드 기어의 거대한 대검 정도였다.

짝짝짝짝!

눈을 크게 뜬 채 아무 말도 하지 못하던 사람들은 시범을 보인 헌터가 다시 목례하자, 얼떨떨한 얼굴로 박수를 쳤다.

이기동은 작게 미소를 지었다.

— 다음은 바스타드 소드를 보여드리겠습니다. 이것에는 아까 보신 그레이트 소드랑은 다른 마법이 걸려 있습니다. 바로 검의 절삭력을 높여주는 샤프니스(Sharpness) 마법입니다.

이기동의 말이 끝나기 무섭게, 단상 위로 바스타드 소드가 준비되었다. 그레이트 소드에 비하면 더 가볍고 무난한, 가장 널리 이용되는 무기의 모습이었다.

　포비아의 껍질이 다시 새로운 것으로 교체되고, 곧이어 시범을 보일 헌터가 바스타드 소드를 들어 올렸다.

　― 샤프니스 마법이 검날을 마치 레이저 커터처럼 예리하게 만들어주기 때문에, 아무리 단단하고 질긴 가죽이라도 자르거나 뚫을 수 있습니다. 아까 전 그레이트 소드로는 자르는 모습을 보여드렸으니, 이번에는 뚫는 것을 보여드리겠습니다.

　시범중인 헌터가 바스타드 소드를 들고 앞으로 내지르듯 포비아의 껍질을 찔렀다.

　"오오오……."

　객석에서 감탄사가 튀어나왔다. 시범을 보인 헌터가 높이 들어 올린 검 끝에는 포비아의 껍질이 완전히 꿰뚫린 채 꽂혀 있었다.

　― 다음으로 선보일 것은 크로스 보우와 타워 실드입니다. 이 두 가지의 경우 환경상 성능을 시험하기 어렵습니다. 대신에 실제 사용 영상을 한 번 보시겠습니다.

　이기동이 한 손에 들린 리모컨의 버튼을 눌렀다.

팟!

경매장 정면의 벽에서 프로젝터 화면이 나타났다.

화면에는 일반적인 몬스터 헌팅 팀으로 보이는 일단의 무장 헌터들이 뉴 어스로 보이는 곳을 이동하고 있는 모습이 보여지고 있었다.

그중 자신의 몸을 2/3씩이나 가리는 커다란 방패를 들고, 허리에는 단단한 메이스를 건 몇몇 헌터들이 있었다. 그들의 뒤쪽에는 커다란 크로스 보우를 든 다소 가벼운 무장의 원거리 딜러들이 자리했다.

화면을 본 사람들은 그리 특별해 보이지 않는 모습에 실망감을 감추지 못했다.

조금 전 시범을 보았던 그레이트 소드나 바스타드 소드의 임팩트가 상당했기 때문이기도 했다.

하지만 곧 헌터들이 몬스터를 사냥하는 장면으로 전환되자 분위기가 바뀌었다.

이들이 노리는 몬스터는 일반 헌터들로서는 상대하기가 극히 위험한 트롤이었다. 3m 정도 크기로, 아직 완전한 성체는 아니었지만, 아머드 기어도 없는 헌팅 팀의 표적으로는 상당한 무리가 있었다. 영상을 보던 사람들의 얼굴에 긴장과 기대감이 떠올랐다.

크로스 보우를 든 헌터가 매고 있던 통에서 볼트 하나를 꺼내 순식간에 장전을 하고는 몬스터를 향해 발사하면서 사냥이 시작되었다. 볼트는 빠르게 날아가 트롤의 몸에 명중했다.

그런데 이때, 놀라운 일이 벌어졌다. 트롤의 몸이 박혀 있는 볼트를 중심으로 마치 서리가 낀 것처럼 하얗게 얼어 가기 시작한 것이다.

"저거 지금 얼음 아니야?"

"말도 안 돼… 얼음 마법을 거는 화살이라고?"

사람들이 탄성과 함께 믿을 수 없다는 듯 웅성거리기 시작했다.

― 그렇습니다. 크로스 보우에는 몬스터에게 치명적인 아이스 마법이 걸려 있습니다. 아무리 몬스터라고 해도 생명체. 신체 내부에서부터 세포가 얼어버린다면 아무리 재생력이 뛰어난 트롤이라도 어쩔 도리가 없겠죠.

이기동이 긍정하자 사람들이 어안이 벙벙한 얼굴로 다시 영상을 돌아보았다.

질긴 생명력으로 꿋꿋하게 헌터들을 향해 다가가고는 있지만, 아이스 마법으로 신체 일부가 얼어버린 트롤은 눈에 띄게 움직임이 둔해져 있었다.

사람들, 특히나 경매에 참여한 클랜과 헌터들의 머릿속에

공통된 몇 가지 생각이 떠오르기 시작했다.

'느려졌어. 대미지를 주는 것만이 아니라 저런 효과까지 있군.'

'움직임을 둔화시키는 공격을 원거리에서… 웬만한 몬스터는 그냥 잡겠는데.'

그때, 다가오는 트롤을 보고 파티의 선두에 있던 탱커가 커다란 타워 실드를 들고 뛰어나가며 앞을 막았다.

크아악!

트롤은 커다란 고함을 지르며 한 손에 들고 있던 클럽을 들어 그를 후려쳤다.

쿵!

그러나 트롤이 휘두른 클럽은 타워 실드 앞에서 멈췄다.

아니, 정확하게는 타워 실드의 전면에 생겨난 반투명한 막에 막혔다. 영상으로 보기에도 흉폭한 공격이었지만, 정작 그것을 막은 헌터는 아무렇지도 않은 듯 보였다.

반투명한 막의 정체를 금세 눈치챈 사람들이 중얼거렸다.

"실드 마법이다."

세상에 알려진 아티팩트의 기능 중 가장 많이 알려진 것이 바로 몸을 보호하는 실드 마법이 담긴 물건이었다. 생사의 갈림길에서 구명줄이 될 수 있는 만큼, 선호도가 아주 높은 기능이기도 했다.

영상 속 타워 실드를 보는 사람들의 눈은 이미 반짝반짝했다. 실드 마법이 걸린 타워 실드를 든 헌터는 앞에서 계속 날뛰고 있는 트롤을 별로 어렵지 않게 막아내고 있던 것이다.

이기동이 구매욕이 높아진 사람들의 분위기를 놓치지 않고 계속해서 설명했다.

— 정리하자면 그레이트 소드에는 힘을 늘려주는 스트랭스, 바스타드 소드에는 절삭력을 높여주는 샤프니스, 크로스 보우에는 몬스터를 억제하는 아이스, 타워 실드에는 강력한 공격을 막을 수 있는 실드, 그리고 메이스에는 슈퍼 퀘이크 마법이 들어 있습니다.

하지만 어느 누구도 이기동의 말에 귀를 기울이는 이는 없었다. 영상 속 트롤을 사냥하는 헌터들의 모습에 혼이 나가 있었기 때문이다.

Chapter 2
성공적인 첫 경매

아티팩트 경매 행사는 무척이나 성공적이었다.

사실 아직 경매는 끝나지도 않았지만, 이미 경매에 참여한 사람들은 경매 물품에 대한 설명을 들을 때부터 한껏 달아올라 있었다.

더욱이 가장 먼저 경매 물품으로 나온 아티팩트는 반지나 목걸이 같은 장신구가 아니라 몬스터를 잡을 수 있는 무기였다.

게이트가 나타나고 뉴 어스를 개척하면서 수많은 아티팩트가 발굴이 되었지만, 무기형 아티팩트는 그리 많지 않았다. 그리고 그중 거의 대부분을 각국의 연구소나 글로벌 군

수복합체에서 사들이고 있었다.

　그 때문에 정작 실사용자라고 할 수 있는 헌터들은 무기형 아티팩트를 사용할 수가 없었다. 무기형 아티팩트를 실제로 본 적 있는 헌터조차 드물었다.

　상황이 그렇다 보니 경매에 참석한 글로벌 군수복합체나 각국 유명 연구소는 물론이고, 기업이 후원하는 클랜, 상급 헌터들까지 모두가 눈에 불을 켜고 하나라도 더 구매하기 위해 열띤 경합을 벌이고 있었다.

　— 1억 5천! 없으십니까?

　경매사가 경매 물품의 가격을 부르기 무섭게, 좌석에서 번호 팻말이 올라왔다.

　— 네, 28번, 29번, 101번⋯ 그럼 1억 5,500! 1억 5,500 가보겠습니다.

　경매에 참여한 사람들은 모두 열띤 표정으로 팻말을 들어 올렸다.

　이윽고, 대부분의 아티팩트들이 팔리고 남은 것을 눈으로 헤아릴 수 있을 정도가 되었다.

　— 1억 7천 가보겠습니다. 1억 7천! 강력한 힘을 내도록 해주는 스트랭스 마법이 걸린 그레이트 소드. 1억 7천부터

시작합니다.

경매가는 1억 7천만 원. 경매사의 유혹하는 듯한 설명이 이어졌다.

그러나 경매 물품은 검 한 자루, 1억 7천만 원은 상당히 부담스러운 가격이다.

경매가가 오르는 속도가 줄어들었다. 참석자들의 팻말이 신중해지기 시작했다. 아무래도 이 금액이 마지노선인 듯했다.

— 다시 한 번 불러봅니다. 1억 8천 없으십니까? 1억 7,500! 1억 7,500! 1억……

경매에서는 호가를 세 번 하면 그 물품에 대한 경매가 끝나는 것으로 간주된다. 경매사가 그레이트 소드의 마지막 호가를 하려 할 때였다.

"1억 8천!"

뒤쪽에서 1억 8천만 원을 부르는 소리가 들려왔다.

웅성웅성.

그레이트 소드의 경매가 다시 시작된 것이다.

그러자 1억 8천만 원을 불리면서 낙찰 못한 사람이 얼굴을 붉히며, 경매사가 경매가를 부르기도 전에 먼저 자신이 금액을 불렀다.

"1억 9천!"

지금까지 5백만 원씩 오르던 경매가가 단숨에 천만 원씩 뛰기 시작했다. 경매에 참여한 사람들이 분주해졌다.

"2억!"

뒤늦게 경매에 참가한 사람이 다시 천만 원을 높였다.

"2억 2천!"

그러자 반박하듯이 바로 2천만 원을 높인 금액이 나왔다.

지금까지 나온 그레이트 소드의 낙찰가는 평균 1억 7,500만 원. 이번 경매에서 가장 비싸게 팔린, 가장 최초로 올라온 그레이트 소드조차 낙찰가가 1억 9,800만 원이었다.

사실 경매 초반에 내려올 줄 모르던 가격은 점점 떨어져, 일정한 수준에서 멈춘 뒤 이후로는 거의 평균적인 가격으로 물품들이 낙찰되었다.

그런데 경매로 나온 아티팩트의 숫자가 줄어들면서, 구매 경쟁이 다시 치열해졌다.

아직 경매 물품을 구하지 못한 사람들은 어떻게든 하나라도 구하기 위해 기를 쓰고 금액을 불렀다. 이미 물건을 구한 사람들도 마찬가지였다. 더 많은 물건을 확보하기 위해 어떻게 해서든 높은 금액을 부르며 계속해서 경매에 참여했다.

그렇게 경매 후반에 가서는 경매가가 미친 듯이 올라서, 경매 마지막 물품인 이 그레이트 소드에 와서는 이내 2억을 넘긴 것이다. 이제 포기한 몇몇 다른 사람들은 더 이상 경매에 참여를 하지 않고, 악에 받쳐 경쟁하고 있는 몇몇 참여자들을 다소 허탈한 마음으로 지켜보았다.

그것은 경매를 지켜보는 정진 또한 마찬가지였다.

자신이 경매에 올린 물건이니 누군가 비싸게 사준다면 좋은 일이지만 자칫 과도한 경쟁으로 무슨 사단이 벌어지지 않을까, 그것이 조금 걱정이 되기는 했다.

사실 정진은 경매에 올라온 스트랭스 마법이 들어 있는 이 그레이트 소드에 대해 그렇게나 많은 돈을 주고 살 만한 가치가 있다고 생각하지는 않았다.

그도 그럴 것이, 그 그레이트 소드에 사용한 마정석만 생각해도 고작 하급 마정석과 최하급 마정석 한 개씩이었다. 금액으로 따지면 1,100만 원 정도였다.

거기에 검 재료로 들어간 합금의 가격을 더한다고 해도 200만 원 정도 더해질 뿐이다. 그리고 검을 만드는 공방 장인들의 임금과 자신의 임금. 그것도 많이 쳐줘야 5천~7천만 원 정도라고 생각했다.

전부 더하면 약 6~8천만 원. 이쪽의 수익을 고려한다고 해도 저 경매가와는 차이가 있는 가격이다. 이 계산조차 최초로 제작된 아티팩트라는 희소성을 생각해서 책정한 것이었다.

그러나 실제로 경매를 진행하니, 참여한 사람들의 허영심으로 경매가 지나치게 열기를 띠었다. 그 결과 예상한 가격의 두세 배로 뛰어버렸다.

실제로 정진은 제작한 아티팩트의 절반은 정부와의 협상으로 군납했다. 이때의 금액은 정진이 책정한 가격의 최저가인 5천만 원으로 책정해 납품되었다.

군납인 관계로 반지형 아티팩트는 빼고, 무기형 아티팩트만 납품했다. 최저가로 계산했어도 500점이나 판매하면서 250억이라는 엄청난 돈을 벌었다.

물론 그로부터 헌터 협회로부터 구매한 마정석 가격과 주문 의뢰를 했던 각 대장간에 지불할 금액을 빼야 하겠지만, 어찌 되었든 정진의 수중에 떨어지는 금액은 못해도 그 절반인 125억 원 이상일 것이다.

그런데 지금 경매 양상을 보면, 대체 군납 주문 때의 몇 배를 벌어들일지조차 감이 잡히지 않았다. 지금까지 경매가 진행되어 팔린 금액만 해도 600억 원이 넘어갔다.

다른 무기류도 무기류지만, 크로스 보우가 엄청나게 비싼 경매가로 팔려나가면서 어마어마한 수익을 냈다. 물론 정진도 검에 비해 원가가 더 들었기에 가격이 더 높게 형성되길 희망하긴 했지만, 이 정도일 줄은 전혀 예상하지 못했다.

정진은 만든 무기 중 유일하게 크로스 보우의 예상 낙찰가를 억대로 예상했다. 그가 예상한 가격은 1억이었다. 그 정도이거나 조금 못하리라고 보고 있었다. 그런데 크로스 보우는 1억을 가볍게 넘어, 지금까지 평균 2억이 넘는 가격에 낙찰되고 있었다.

크로스 보우는 원거리 딜러의 주 무기다. 그러나 아무리 개량에 개량을 거듭해도 볼트 정도로는 몬스터에게 타격을 줄 수 없다. 눈 같은 급소에 정확하게 명중하지 않는 이상, 말 그대로 질긴 가죽에 박히는 수준에 불과했다.

사실상 아직 사냥 경험이 미숙한 초보 헌터들이 입문용 무기로 선택하는 것이 대부분이었다. 숙련자가 쓴다 해도 몬스터를 견제하는 보조 무기로 사용할 뿐, 가격도 헌팅 무기 가운데 가장 저렴한 축에 속했다.

이러다 보니 원거리 딜러가 몬스터 헌팅에서 좋은 대우를 받기란 요원했다. 검 등에 비해 활이나 크로스 보우를 쓰는 헌터가 적은 것은 그 탓이었다.

그런데 정진이 만든 크로스 보우는 전혀 다르다.

몬스터를 견제하면서도 강력한 한 방을 먹일 수 있다. 파티 사냥을 생각하면 그 활용도가 무궁무진한 무기인 것이다.

경매에 참여한 헌터들이 눈에 불을 켜고 너도나도 크로스 보우를 구매하면서, 크로스 보우의 가격이 그레이트 소드나 바스타드 소드에 비해 훨씬 비싼 가격을 형성하게 된 것이다.

헌터들만 크로스 보우를 사려 한 것은 아니었다. 헌터가 아닌 이들도 경매에 마구 참여했다. 헌터 파티가 트롤을 잡는 영상이 결정적이었다.

크로스 보우를 든 헌터가 쏜 볼트가 트롤의 눈을 관통했다. 원래라면 단단한 머리뼈 때문에 볼트가 박히지 않았겠지만, 우연히 눈에 맞는 바람에 볼트는 눈을 뚫고 뇌에 박혀 버렸다. 그리고 발동한 아이스 마법 때문에 뇌가 얼어버린 트롤은 한순간에 쓰러져 버리고 말았다.

'앗' 하는 순간에 벌어진 일이었다. 크로스 보우가 트롤과 싸우던 헌터들도 예상하지 못한 결정타를 먹인 것이다.

영상을 보던 사람들은 크로스 보우가 운이 좋으면 트롤도 한 방에 잡을 수 있는 무기라고 생각하게 되었다.

트롤은 무조건 하급의 마정석을 가지고 있다. 특별한 놈은 중급의 마정석을 가진 놈도 있다. 트롤뿐만 아니라 어떤 몬스터도 뇌가 얼어버리면 살아남을 몬스터는 없다. 그러니 영상을 본 사람들은 크로스 보우의 가격이 아무리 비싸도 본전 이상을 뽑을 수 있을 거라고 생각한 것이다.

지금까지 경매한 물건 중 최고로 비싸게 팔린 것도 크로스 보우 중 하나로, 2억 3천만 원에 낙찰되었다.

그런데 그때, 다시 한 번 그레이트 소드의 가격을 부르는 소리가 들렸다.

"2억 5천!"

이 금액은 지금까지 팔린 경매 물품 중 단연 최고가였다. 크로스 보우도 아닌 그레이트 소드의 가격이 그것보다 2천만 원이나 높은 가격이 나온 것이다.

정진은 그레이트 소드에 2억 5천만 원이란 금액을 부른 사람을 돌아보았다. 너무도 궁금해 돌아보지 않을 수가 없었다.

170은 넘어 보이는, 여자치고는 커다란 키를 가진 무척이나 젊은 사람이었다. 검정색의 짧은 단발에 상대적으로 가늘고 긴 목을 가지고 있었다. 갈색의 피부는 진하지도, 그렇다고 연하지도 않았다.

하얀색 실크 블라우스에 회색 정장 바지를 입고 있는데, 무척이나 활동적인 느낌이었다. 건강한 느낌을 주는 몸매로, 동양인치고는 풍만한 가슴을 가지고 있는데도 불구하고 처지는 느낌은 들지 않았다.

"음……."

정진은 자신의 시선을 끄는 그녀의 모습에 자신도 모르게 낮은 신음을 흘렸다.

"무슨 일입니까? 어디 불편한 것이라도……."

정진의 옆자리에 있던 이기동은 정진의 신음을 들었는지, 불안한 눈으로 정진을 돌아보았다.

"아, 아닙니다. 뭔가 생각할 것이 있어서."

이기동의 물음에 정진은 얼른 신색을 고치고 별거 아니란 듯 이상이 없음을 알렸다.

그러면서도 정진은 시선이 자꾸만 그녀에게 가는 것을 멈추지 못했다.

— 2억 5천! 2억 5천! 더 없습니까? 마지막으로 한 번 묻습니다. 더 이상 없으면 마지막 호가를 하겠습니다. 그러면 마지막 그레이트 소드는 저기 285번 분에게 넘어갑니다. 더 없으십니까? 58번 손님, 더 이상 부르지 않겠습니까?

경매사는 노련하게 지금까지 계속 경쟁하며 가격을 부르던 58번 손님을 돌아보며 물었다.

하지만 2억 2천만 원까지 부르던 그도 2억 5천만 원이라는 가격에 질렸는지 더 이상 호가를 부르지 못하고 고개를 돌렸다.

— 더 이상 참여 의향이 없으신 것으로 보고, 마지막 호가, 부르겠습니다. …2억 5천! 낙찰입니다. 스트랭스가 인챈트된 마지막 그레이트 소드의 주인은 285번이십니다.

경매사가 이마에 흐르던 땀을 닦았다.

— 경매장의 열기가 아주 뜨겁습니다. 조금 열기를 식히는 의미에서 잠시 휴식을 갖고 나서, 2차 경매를 진행하겠습니다. 30분 뒤에 뵙겠습니다.

웅성웅성.

드르륵!

경매사가 마이크를 내려놓고, 경매에 참석한 사람들 또한 30분간의 시간을 이용해 볼일을 보기 위해 자리에서 일어났다.

일부는 긴장감 때문에 자리를 뜨지 못해 줄곧 참고 있던 화장실로 직행했고, 또 일부는 동행한 일행들과 앞으로 남은 경매에 대한 작전을 짜려는 듯 다른 곳으로 이동을 하였다.

마지막 그레이트 소드를 최고가로 낙찰을 받은 회색 정장의 그녀는 한쪽에서 확인서를 작성하고 돌아오는 듯했다.

자리에 앉은 그녀가 일순 정진 쪽을 돌아보았다. 의아한 눈빛으로 정진을 쳐다보던 그녀는, 일행인 듯한 사람이 다가와 말을 걸자 곧 시선을 거두고 경매장을 빠져나갔다.

정진도 경매장을 벗어나는 그녀의 뒷모습으로부터 이내 시선을 돌리며 자리에서 일어났다. 이기동 이사가 그를 따라 일어서며 조심스럽게 물었다.

"음? 아는 분이십니까?"

정진의 시선이 향하는 곳을 본 이기동이 조심스럽게 물었다.

"아닙니다. 그저 여성분이 다른 것도 아니고 무거운 그레이트 소드를 낙찰 받기 위해 무리를 하는 것 같아 이유가 궁금했을 뿐입니다."

"아……."

고개를 끄덕인 이기동이 미소를 지으며 말했다.

"아마 그 정도 금액은 그리 무리는 아닐 겁니다."

"네? 그게 무슨 뜻입니까?"

정진은 눈을 동그랗게 떴다.

2억 5천만 원은 어마어마한 금액이다. 만약 그녀가 고수익 직종 중 하나인 헌터라고 하더라도 부담스러운 가격일 텐데, 무리가 아니다?

"아까 그 사람이 바로 백화 클랜의 클랜장인 백장미 헌터입니다."

"아……."

정진도 백화 클랜에 대해서는 들어본 바가 있었다.

여성 헌터들로만 구성되었다는 특이점으로도 유명하지만, 대한민국에서 세 손가락 안에 꼽히는 클랜이기 때문이었다. 모든 헌터가 7급 이상, 간부들은 전원 6급 이상인 강력한 클랜으로 유명했다.

뿐만 아니라 클랜장인 백장미와 부클랜장인 이선화, 그리고 친위대장인 이화선은 대한민국에도 9명뿐인 5급 헌터다. 5급 헌터를 3명 이상 보유한 클랜은 대한민국 1위의 엠페러 클랜을 제외하면 백화 클랜이 유일하다. 엠페러, 백화와 함께 3대 클랜으로 불리는 나이트 클랜도 5급 헌터는 클랜장과 부클랜장, 단 둘뿐인 것을 생각하면 그 무력이 어느 정도인지 짐작할 수 있다.

예전에 정진은 훗날 자신이 속한 팀 아케인도 클랜으로 키워, 아케인의 이름에 걸맞게 대한민국 최고, 아니 세계 최고의 클랜으로 만들자고 결심했다. 이는 자신에게 아케인의 마법을 전수한 두 스승에 대한 예우와, 자신이 대제국의 기반인 마법을 배웠다는 자부심에서 비롯된 생각이었다.

그의 이런 생각은 백화 클랜과 다른 유명 클랜들에 대한 이야기를 듣고 나서 떠올린 것이었다.

"백화라면 3대 클랜에 속한 그곳 아닙니까?"

"네, 맞습니다. 엠페러와 함께 대한민국에서 중(重)형 몬스터를 레이드할 수 있는 몇 안 되는 클랜이죠. 그런 클랜의 클랜장이니, 그레이트 소드도 아마 쉽게 다룰 수 있을 겁니다."

"음……."

이기동의 말에 정진은 작은 신음을 흘리며 고개를 끄덕일 수밖에 없었다.

중형 몬스터를 잡는 것은 무척이나 힘든 일이다.

일반적으로 10m가 넘어가는 크기의 몬스터를 중형 몬스터로 분류하고 있다. 크기만으로 따질 수 있는 정확한 분류법은 아니지만, 대략 진화를 하기 전의 타라칸과 현재의 타라칸 사이 정도의 힘이라고 볼 수 있다.

그런 몬스터를 단독으로 레이드할 수 있는 클랜, 심지어 그곳의 클랜장.

정진은 백장미가 그가 만든 아티팩트를 통해 얼마나 더 수준 높은 헌팅을 하게 될지 쉽게 상상할 수 있었다. 2억 5천만 원이라는 돈을 썼지만 그녀는 탁월한 선택을 한 것이다.

그그극!

묵직한 경매장 문이 다시 닫히고, 휴식 시간을 보내고 돌아온 사람들이 하나둘씩 다시 자리에 앉았다. 사람들이 모두 경매장 안으로 들어오는 것을 확인한 이기동이 단상으로 올라갔다.

— 오늘 저희 협회의 행사에 참석을 해주신 내외빈들께서 원하시는 것들을 낙찰 받으셨기를 바라며, 지금부터 시작할 2차 경매에 앞서, 경매에 들어갈 아티팩트에 관한 설명을 드리겠습니다.

이기동은 말을 하다 말고 잠시 장내를 살펴보았다.

맨 처음 안내 방송을 할 때와는 달리, 사람들은 전부 진지한 태도로 그의 설명을 듣고 있었다.

— 이번에 나올 아티팩트는 지금까지 그 어느 경매 회사에서도 나온 적이 없을 거라고 감히 말씀드리겠습니다.

이기동은 직접 단상 한가운데로 이동해서 암막을 걷어냈다.

암막 안에는 직육면체의 유리 상자 속에, 짙은 파란색의 벨벳 천이 깔린 받침대가 있었다. 그리고 그 위에 검은색 상자가 하나 놓여 있었다.

상자의 표면은 아름다운 빛깔의 전복 껍질로 된 자개가 박혀 무척 고급스러워 보였으나, 더 놀라운 것은 열려 있는 상자에 담긴 내용물이었다.

은색의 반지 하나가 신비로운 빛을 뿜어내고 있었다.

웅성웅성.

장내가 다소 시끄러워졌다. 두런거리는 사람들은 공문을

받지 못한 소규모 클랜이나 일반 헌터들이었다.

그들은 반지의 외양과는 상관없이 경매 물품의 종류에 대해 놀란 것이었다. 더 대단한 물건이 나오리라고 생각한 2차 경매에서 장신구 아티팩트를 경매할 거라고는 생각하지 않은 것이다.

지금까지 경매한 아티팩트는 그동안 잘 출토되지 않던 무기류였다. 놀라운 기능도 그렇지만, 그 희소성 때문에라도 경매가가 높을 수밖에 없는 것이다. 그런데 경매 후반에 덩그러니 반지 하나를 두고 경매를 한다는 것은 잘 이해가 가지 않는 일이었다.

반지 형태의 아티팩트는 비교적 쉽게 찾아볼 수 있는 아티팩트였다. 지금까지 뉴 어스에서 출토된 아티팩트 반지는 못해도 수만 개는 될 것이다. 당장 이 자리에 참석한 사람들의 절반 이상이 아티팩트 반지를 적어도 한두 개씩은 가지고 있었다.

— 아, 아! 잠시 진정들 하시기 바랍니다. 무엇 때문에 그러시는지 저도 잘 알고 있습니다. 하지만 조금 전에도 말씀 드렸다시피, 저기 놓인 반지는 생각하시는 것처럼 흔한 물건이 아닙니다. 많은 자원과 노력이 필요한 귀중한 아티팩트입니다. 그냥 아티팩트가 아니라, 두 개의 마법이 담긴

아티팩트이기 때문입니다.

　웅성웅성.

　이기동은 사람들을 진정시키기 위해 말을 하였지만, 장내는 더욱 소란스러워졌다. 어쩔 수 없이 사람들이 진정이 될 때까지 가만히 기다릴 수밖에 없었다.

　두 개 이상의 마법이 담긴 아티팩트는 상급에 해당하는 아티팩트다. 그런데 저 작은 반지가 설마 상급 아티팩트라니, 경매 참석자들은 모두 놀라워했다.

　더욱이 조금 전 이기동은 마치 협회에서 아티팩트를 만들어냈다는 듯 이야기했다. 그럼 지금까지 판매된 것들이 모두 한국 헌터 협회에서 만든 것이란 말인가? 사람들은 혼란을 감추지 못했다.

　그동안 아티팩트는 이계인 뉴 어스의 던전에서 출토된다고만 알려졌는데, 아티팩트의 제조가 가능하다는 것은 경악하지 않을 수 없는 사실이었다.

　시간이 어느 정도 흘러, 사람들이 다소 진정되자 이기동은 다시 반지에 관한 설명을 하기 시작했다.

　— 조금 전에도 말씀드렸다시피, 저기 놓인 반지는 일반 아티팩트가 아닌 두 가지 기능이 들어있는 아티팩트입니다. 첫 번째 기능은 아티팩트 반지에서 익히 잘 알고 계실 실드

마법입니다. 이 작은 반지로 중기관총의 총탄도 막아낼 수 있는 실드 마법을 최대 20회까지 사용할 수 있습니다. 두 번째는 바로 활력을 유지시켜 주는 바이탈리티(Vitality) 마법입니다. 이 반지를 낀 소유자는 최대 1년 동안 강인한 체력과 건강하고 생생한 컨디션을 유지할 수 있습니다.

이기동의 설명이 끝나고, 사람들의 눈이 더 이상 커지지 못할 정도로 커졌다.

정말로 그동안 단 한 번도 나온 적이 없는 기능이었다.

언제 어느 때건 활력을 유지해 준다는 바이탈리티.

지금까지 알려진 최상위 아티팩트인 천사의 반지에 들어 있는 힐 마법만큼이나 엄청난 것이다. 어떻게 생각하면 언제 목숨이 오락가락하는 부상을 입을지 모르는 헌터라면 몰라도, 일반인들에게는 힐보다 더 유용한 마법이었다. 특히나 몸이 아픈 환자들에게는 엄청난 희소식이었다.

또한 환자도 아니면서 눈에 불을 켜고 반지를 쳐다보는 사람들도 있었다. 바로 남부럽지 않을 정도로 엄청난 부를 가지고 있지만, 나이가 들어 남성의 기능이 떨어진 사람들이었다.

— 지금부터 실드 마법과 바이탈리티 마법이 들어 있는 이 활력의 반지에 대한 경매를 시작하겠습니다.

경매사가 다시 무대에 올라왔다.

— 시간이 많이 흐른 관계로, 이번 활력의 반지는 지금까지와 다르게 열 개를 한 세트로 경매를 시작하겠습니다. 활력의 반지 경매는 2억 원부터입니다.

"뭐라고?"

"헉……."

경매사가 활력의 반지에 대한 경매 시작 가격을 선언하자 모두 놀라 한 마디씩 하였다.

이는 활력의 반지에 관심을 보이던 사람이나 그렇지 않은 사람이나 모두 마찬가지였다.

한 개도 아니고 열 개를 세트로 판매한다고 하니 놀랄 수밖에 없었다.

물론 반지와 무기는 종류가 다르지만, 조금 전 경매 최고가를 갱신한 그레이트 소드의 평균 가격에도 미치지 못하는 금액이다. 유용한 기능과 열 개라는 개수를 생각하면, 시작가가 2억이라니 너무 저렴한 게 아닌가 싶기까지 했다.

그 때문인지 반쯤 경매를 포기했던 사람들마저 눈이 커지며 다시 관심을 보이기 시작했다.

✝   ✝   ✝

"2억 5천!"

어마어마한 가격이 나오자 사람들이 전부 돌아보았다. 그러고는 더욱 놀랐다. 팻말을 들고 있는 사람이 아리따운 여성이었기 때문이다.

크기도 2m에 달하는 엄청난 크기인 그레이트 소드는 어지간한 근력으로는 다루기 힘든 무기다. 아무리 헌터라고 해도 여성이 쓰기에는 무리가 있었다. 거기에 경매가를 부른 여자가 그레이트 소드를 사용하는 것은 정말이지 상상이 되지 않았다.

175cm로 상당히 큰 키를 가지고 있지만, 그녀의 모습은 전체적으로 늘씬했다. 건강해 보이는 모습이지만 우락부락한 근육은 어디를 찾아봐도 없었다.

하지만 경매가를 부른 것은 백화 클랜의 클랜장인 백장미였다. 5급 헌터인 그녀가 무겁다고는 하지만 그레이트 소드를 다루지 못할 리가 없는 것이다.

더욱이 그녀의 사냥 스타일은 지휘를 한다고 뒤로 물러나 클랜원들이 앞에서 싸우는 것을 지켜보는 것이 아니다. 근거리 딜러 역할을 선호했고, 타고난 리더십으로 파티의 지시를 내리는 그녀가 한 방, 한 방의 대미지가 강한 그레이트 소드를 선호하게 된 것은 자연스러운 일이었다.

아머드 기어의 드라이버가 되기 전까지도 그녀는 줄곧 그레이트 소드를 사용했고, 직접 달려가 몬스터를 베며 사냥을 했다.

사실 백장미는 최근 한 가지 고민을 하고 있었다.

아무리 그녀가 클랜원들을 데리고 어려운 레이드를 성공하고, 다수의 중(重)형 몬스터를 잡아도 헌터 등급은 오르지 않았던 것이다.

백장미는 '혹시 아머드 기어를 쓰게 되면서, 내 헌터 본연의 능력이 정체된 것은 아닌가?' 하는 생각을 하게 되었다.

몬스터 헌팅 기술이나 상급의 마정석을 가진 강력한 몬스터를 레이드하는 데서 미국을 능가할 국가는 없다. 하지만 지구상에서 최고로 높은 등급의 헌터를 보유한 나라는 중국이다. 오직 중국에만 4급 헌터가 존재한다.

혹시 강력한 아머드 기어를 다수 보유하고 있다는 점이 바로 미국에서 4급 헌터가 나오지 않는 이유가 아닐까?

고민하던 그녀는 최근 헌팅 외에 따로 시간을 내서 아머드 기어에 탑승하지 않고, 직접 몬스터를 상대해 보았다.

칼 한 자루를 들고 몬스터를 상대하다 보니, 아머드 기어를 타고 몬스터를 사냥할 때는 느끼지 못하던 것을 느꼈다. 튼튼한 장갑과 아머드 기어의 힘 없이 부족한 부분을 스스로 메우면서, 헌터로서의 실력이 조금씩 향상되는 것을 느꼈다.

하지만 수련을 해도 단기간에 실력을 발전시키기란 불가능했다.

중국 최대 클랜인 구룡문의 문주, 주우위는 칼 한 자루로 오거를 잡는 동영상을 올렸다. 중(中)형 몬스터 중 가장 강력하다는 오거를 단신으로 사냥하는 모습에 조작 논란이 일기도 했지만, 세계 헌터 협회에서 영상에 조작은 없었다는 공식 입장을 표명했다.

이것이 헌터 체계에 새롭게 4급이라는 급수가 등장한 계기가 되었다. 그 뒤로 중국에서 두 명의 헌터가 더 4급 판정을 받았다.

세계 각지에서는 이 4급 헌터들에게 선망과 질투의 시선을 보냈다. 전 세계에 단 세 명뿐인 4급 헌터. 그것은 헌터로서 세계 정상에 서 있다는 말과 같았다.

그 뒤 4급이 되려는 욕심에 오거에 칼 한 자루를 들고 도전하다가 수많은 5급 헌터가 목숨을 잃거나 불구가 되어 전체적으로 5급의 숫자가 줄어드는 웃지 못할 해프닝이 벌어졌다.

현재 각국 헌터 협회에서는 무모하게 칼 한 자루만 들고 오거와 싸우는 것을 금지하고 있다. 하지만 그래도 오거에

도전을 하는 헌터는 종종 나왔다. 헌터들 사이에서는 암묵적으로 칼 한 자루로 혼자 오거를 사냥하는 것이 4급으로 진출하는 관문처럼 여겨지고 있었다.

백장미도 정말로 자신의 실력에 자신이 생기면 오거 사냥에 도전해서 4급을 따내고 싶은 마음이 있었다. 아마 모든 헌터가 그렇게 생각하고 있을 것이다.

그러던 백장미는 아케인이란 생긴 지 얼마 되지도 않은 몬스터 헌팅 팀이 아머드 기어도 없이 트롤을 사냥한다는 말을 들었다. 흥미가 생겨 알아보니 팀 아케인은 오거를 잡기도 했다는 것이었다.

빠르게 성장할 수 있는 방법에 대해 궁금해하던 백장미는 계속해서 조사를 하던 중, 곧 정진의 존재에 관심을 갖게 되었다. 워낙 논란이 되고 있는 이야기라 모를 수도 없었지만, 아티팩트를 만들 수 있는 사람이 있고, 그가 만든 아티팩트를 써서 팀 아케인이 사냥을 했다는 사실을 알아낸 것이다.

그러던 어느 날, 백장미는 곧 헌터 협회에서 경매에 관한 공문을 받게 되었다. 공문 내용을 보고 누군가가 만들어낸 아티팩트를 협회를 통해 판매하고 있음을 추측하는 것은 어려운 일도 아니었다.

아티팩트로 실력이 급상승할 수 있다는 생각에 그동안 여기저기 수소문해 보았지만, 그녀가 사용할 만한 그레이트 소드를 찾는 것은 그야말로 하늘의 별 따기였다. 곤란해하던 차에 타이밍 좋게도 경매가 열린 것이다.

그런데 볼일이 있어 조금 늦게 경매장에 도착을 하는 바람에, 마지막 남은 그레이트 소드의 경매에만 간신히 참여할 수 있었다.

이것이 그녀가 주저하지 않고 2억 5천만 원이란 거금을 부른 이유였다.

정진과 그의 아티팩트에 대한 정보를 계속 수집해 온 그녀는, 그레이트 소드를 통해 자신의 헌팅 능력이 더욱 좋아질 것임을 확신했다.

— 낙찰입니다. 스트랭스가 인챈트된 마지막 그레이트 소드의 주인은 285번 분이십니다.

경매사의 말을 들으면서 백장미는 무표정한 얼굴로 주먹을 꾹 쥐었다.

가지고 싶던 것을 가까스로 손에 넣었다. 이것으로 실력을 키워 이번에야말로 4급 헌터가 되리라고 백장미는 생각했다.

수령처로 찾아가 확인 서류를 작성하자, 백장미는 마음의 여유를 찾게 되었다. 그제야 경매장 내부가 눈에 들어왔다.

경매 때문에 붉게 상기된 표정, 휴식을 취하는 지친 얼굴, 물건이 낙찰되어 안도하는 모습.

문득 백장미는 누군가 자신을 주시하는 것을 느꼈다. 돌아본 곳에는 낯선 남자가 자리에 앉아 있었다.

'누구지? 옆에 있는 건 이기동 아저씨?'

백장미는 자신과 눈이 마주친 사람의 정체가 무척이나 궁금해졌다.

그는 오늘 경매 행사를 주최한 헌터 협회 이기동 이사의 바로 옆 자리에 앉아 있었다.

그녀는 클랜장으로서 이기동 이사와 자주 만나는데, 그동안 한 번도 보지 못한 낯선 얼굴이었다. 게다가 저런 자리에 앉아 있기에는 너무 젊다. 아니, 이 자리에 있는 그 누구보다도 어려 보였다.

"언니! 여기서 뭐해요? 볼일 끝나셨어요?"

언제 다가왔는지 백화 클랜의 친위대장인 이화선이 말을 걸었다.

"다들 기다리고 있어요. 얼른 오세요."

"으응… 알았어."

백장미는 이화선을 따라나가다 말고, 조금 전 자신과 눈이 마주친 정진을 다시 한 번 보기 위해 시선을 던졌다.

하지만 정진의 모습은 없었다. 그녀가 경매장을 나가기

무섭게, 이기동 이사와 함께 자리를 떴기 때문이다.

"누굴 그렇게 찾아요?"

"아니야, 그만 가자."

백장미는 다시 이화선과 함께 경매장을 빠져나가면서도 마치 무언가 잃어버린 아이처럼 계속해서 경매장 안쪽을 돌아보았다.

"언니!"

"그래, 알았다니까."

경매장 밖 로비에 모여 있던 백화 클랜의 간부들이 그녀들을 보고 손을 흔들었다.

"왜 이리 늦었어?"

이선화가 백장미에게 물었다.

이선화는 클랜의 부클랜장이면서, 또 클랜장인 백장미의 친구이기도 했다.

백장미가 대한민국 재계 5위의 신세기 그룹 오너인 백동한의 무남독녀인 것처럼, 이선화 또한 그녀 못지않은 배경을 가지고 있었다. 이선화는 바로 7위의 UK 그룹 최대원 회장의 외손녀였다.

백장미와는 동갑이고 집안끼리도 가까워, 어릴 때부터 친한 친구였다. 그러다 헌터가 되면서 함께 클랜을 만들었다.

다른 클랜들에 비해 위계를 까다롭게 따지지 않고, 내부의 알력 다툼이 없는 것은 클랜장과 부클랜장인 백장미와 이선화가 이처럼 친밀한 관계인 데서부터 비롯된 것이다.

그들은 가족처럼 서로를 위하는 클랜 내부의 분위기야말로 백화 클랜이 3대 클랜이 된 힘이라고 생각하고 있었다.

허리에 손을 얹은 채 날카로운 시선을 보내는 부클랜장과 우물쭈물 눈치를 보며 변명하기 시작하는 클랜장. 이 모습부터가 다른 클랜과는 다른 분위기다.

"그게… 너 협회에 이기동 아저씨 알지?"

"이기동 아저씨?"

"그래, 이번에 이사가 된 이기동 아저씨 말이야."

"아, 그 아저씨. 그 아저씨가 왜?"

백장미는 조금 전 경매장 안에서 자신이 본 것을 이선화에게 들려주었다.

평소에는 있는 듯 없는 듯하는 이선화지만, 약속에 늦는 것을 무척이나 싫어하는 성격이라, 한도 끝도 없이 따지고 들 것이란 생각에 얼른 다른 이야기로 화제를 돌리려는 것이다.

"아까 경매장 안에서 그 아저씨를 봤는데……."

"봤는데?"

"어… 그 옆자리에, 아주 젊은 남자가 앉아 있는 거야."

"뭐? 젊은 남자? 지금 그럼 그 남자 보느라고 늦은 거야?"

"아니, 그게 아니라……."

"아니긴 뭐가 아니야. 뭐, 언제는 평생 독신으로 살겠다더니. 남자 구경하는 게 약속보다 중요하다는 거야?"

"그게……."

백장미가 기어들어 가는 목소리로 변명하자, 이선화의 목소리가 더욱 높아졌다.

"누군 사고 싶던 거 낙찰 안 되어 가지고 화나 죽겠는데, 뭐? 남자? 그래, 난 샀으니까 상관없다 이거지?"

엄청나게 화가 난 듯 소리치지만, 사실 이선화의 내심은 조금 달랐다.

'이것아, 그러게 누가 늦으래! 후후후. 두고두고 써먹어야겠어. 그나저나 어떤 남자였기에 쟤가 관심을 다 가지지?'

이선화는 단지 남자를 싫어하던 백장미가 먼저 남자 얘기를 꺼냈다는 것이 재미있어서 놀리고 있을 뿐이었다.

백장미가 처음부터 남자를 싫어한 것은 아니었다. 백장미는 어려서부터 좋아하던 이선화의 사촌 오빠와 약혼을 했다. 그런데 알고 보니 다른 여자와 동거를 하고 있는데다 애까지 있다는 사실을 알게 되었던 것이다.

그 이후로 남자라면 질색 팔색을 하던 백장미였는데, 이런 몇 마디로 허둥대는 걸 보면 아예 관심이 없는 건 아닌 모양이었다. 오랫동안 백장미를 봐온 이선화는 확신하고 있었다.

"아니, 아니야. 그게 아니라니까. 내가 하려는 말은 그게 아니라… 그 남자가 이기동 아저씨랑 붙어 앉아서 이야기를 하고 있었다니까?"

백장미는 이선화가 자신을 놀리고 있다는 것을 생각하지 못하고, 당황해서 줄곧 변명을 늘어놓았다. 이선화가 속으로 박장대소를 하며, 이제는 자신의 옆에 있던 클랜원을 붙들고 하소연하기 시작했다.

"뭐? 붙어 앉아? 어머, 어머! 하필이면 우리 클랜장님이 관심이 생겼다는 사람이 게이라니… 얘들아, 어쩌면 좋니?"

백장미를 뺀 백화 클랜의 간부들은 몸을 부들부들 떨었다. 바로 앞에 클랜장이자 가장 맏언니인 백장미가 있기에 대놓고 웃지 못 할 뿐, 참느라 힘든지 눈에 눈물까지 고여 있다.

"아, 아니라니까? …아, 저기! 저 사람이야."

완전히 당황한 백장미는 발만 동동 구르다, 이기동과 함께 걸어가는 정진의 모습을 보고 손가락질했다.

이선화는 물론이고 고개를 숙인 채 웃음을 참던 백화 클랜의 간부들이 일제히 고개를 돌려 백장미가 가리킨 방향을 쳐다보았다.

헌터 협회 이사인 이기동이 한 남자와 함께 걸어가고 있었다.

정진이었다. 그는 미소를 머금고 이기동과 이야기를 하고 있었다.

이선화와 백화 클랜 간부들의 표정이 일제히 기묘해졌다.

"아……."

"음……."

정진이 지나치는 짧은 시간이 지나고, 백화 클랜 간부들 사이에서 낮은 신음이 터져 나왔다.

이선화가 엄숙한 얼굴로 조용히 중얼거렸다.

"잘생기긴 했네. 그런데… 아무리 그래도… 이건 범죄다."

"어, 어? …뭐라고?! 나 아직 20대거든!"

백장미가 버럭 소리를 질렀다.

"워, 워. 진정해, 진정. 아예 관심이 없는 것은 아닌가 보네, '아직 20대' 씨?"

"……."

백장미는 뒤늦게 이선화가 자신을 놀리고 있음을 깨달았다. 급히 표정 수습을 하고 턱을 쳐든다.

"나, 난 무슨 석녀인줄 아니? 나도 사랑할 줄 알아, 좋은 남자 있음 결혼하고, 아이도 낳고……."

"어휴, 알았다, 알았어. 이년도 나이 먹더니 뻔뻔해지네."

손사래를 치던 이선화가 이내 진지한 표정이 되었다.

"그런데 정말로 저 남자 정체가 뭐지? 뭔데 이기동 아저씨가 저렇게 쩔쩔매?"

이선화의 눈에 비친 이기동의 모습은 헌터 협회 간부의 모습이 아니라, 딱 높은 사람에게 꼬리를 흔드는 아첨꾼이었다. 정진도 줄곧 미소를 짓고 있었지만, 계속 말을 건네는 것은 이기동이었다. 분위기에서 두 사람의 상하 관계를 한눈에 파악할 수 있었다.

헌터 협회 이사가 어떻게든 잘 보이려고 하는 이 젊은 남자의 정체는 과연 무엇일까? 백장미는 물론이고 이선화와 백화 클랜 간부들도 정진이 간 방향을 줄곧 쳐다보았다.

† † †

― 곧 2차 경매가 시작됩니다. 경매에 참석하시는 내외빈께서는 모두 착석해 주시기 바랍니다.

스피커에서 경매 시작을 알리는 방송이 나오자, 백장미는 일행과 헤어져 다시 경매장으로 향했다.

그때였다.

백장미는 모퉁이 너머에서 들려오는 말소리를 들었다. 이기동과 정진이 이야기를 하면서 걸어오고 있었다.

"이번 경매는 예상보다 사람들의 반응이 좋군요."

"그러게 말입니다. 그동안 출토된 아티팩트와 다른 종류라는 것이 큰 작용을 한 것 같습니다. 만들어주신 아티팩트의 성능이 워낙 좋기도 했고요."

'뭐? 저 사람이 아티팩트를 만든 사람이라고?'

비록 작은 목소리였지만 백장미는 이기동과 정진이 하는 이야기를 똑똑히 들었다.

백장미는 이기동과 정진의 뒤를 따라 경매장 안으로 들어갔다.

— 아, 아! 잠시 진정들 하시기 바랍니다. 무엇 때문에 그러시는지 저도 잘 알고 있습니다. 하지만 조금 전에도 말씀 드렸다시피, 저기 놓인 반지는 생각하시는 것처럼 흔한 물건이 아닙니다. 많은 자원과 노력이 필요한 귀중한 아티팩트입니다. 그냥 아티팩트가 아니라, 두 개의 마법이 담긴 아티팩트이기 때문입니다.

2차 경매로 올라온 반지에 대한 설명이 이어지고, 사람들은 웅성대며 정면에 있는 반지와 이기동을 번갈아 쳐다보고 있었다.

그러나 백장미는 정면의 단상이 아니라 단상의 옆쪽, 커튼으로 가려진 곳을 보고 있었다.

그곳은 경매 관계자석으로, 커튼에 가려져 있기 때문에 객석에서는 잘 보이지 않았다. 그녀의 자리가 구석에 있기 때문에 커튼과 벽 사이로 살짝 보이고 있을 뿐이었다.

'역시 경매에 나온 아티팩트는 만든 거였어. 저 사람이 그 마법사였구나. 소속이 있을까? 엠페러? 나이트?'

백장미의 머릿속에는 온통 정진에 대한 생각뿐이었다.

이미 그녀의 관심사에 남은 경매는 들어있지 않았다. 어차피 자신이 속한 백화 클랜은 아머드 기어를 위주로 몬스터 헌팅을 하기 때문에 사실 오늘 경매에는 그리 관심이 없었다.

다만 자신이 수련을 하기 위해 예전에 사용하던 그레이트 소드가 필요했고, 팀 아케인이 사용한 아티팩트를 만든 그 마법사의 작품이라고 생각해서 경매에 참석한 것이다.

백장미는 아티팩트를 만드는 마법사가 누군지 알았으니, 어쩌면 자신이 구입한 아티팩트 말고 다른 것도 만들 수 있을 것이란 생각이 들었다.

사실 자신이 너무 늦는 바람에 친구이자 부클랜장인 이선화는 사고 싶다던 바스타드 소드를 구입하지 못했다. 하지만 그는 직접 경매 물품을 만든 사람이니, 경매는 끝났어도 직접 구입할 수 있을지도 몰랐다.

백장미는 경매가 끝나길 기다렸다.

혹시 아직 클랜에 소속되지 않았을지도 모른다. 그렇다면 백화 클랜에 가입하지 않겠냐고 권유할 수도 있다.

백장미의 입가에 작은 미소가 어렸다.

Chapter 3
백장미의 제안

　한편, 하인켈 사의 미하일 그로모프는 로비를 지나 헌터 협회 현관 앞 정원으로 나갔다. 중간보고를 위해 전화를 걸려는 것이다. 중간중간 경매 현황에 대해 보고를 하라는 지시가 있었기 때문이다.

　"예. 크로스 보우 다섯 개, 바스타드 소드 네 자루, 그레이트 소드 여섯 자루, 타워 실드 세 개를 확보하였습니다. 남은 아티팩트는 장신구형 아티팩트들입니다."

　당당한 목소리로 경매에서 확보한 아티팩트의 수량을 보고한 미하일 그로모프는 앞으로 남은 아티팩트에 대한 지시를 받기 위해 기다렸다.

― 흠, 숫자를 많이 확보하지 못한 것 같은데…….

그러나 잠시 후 전화기 너머에서 들린 소리는 그다지 긍정적인 반응이 아니었다.

미하일의 이마에 식은땀이 맺히기 시작했다.

"그렇지 않습니다, 회장님. 무려 266만 유로나 구매한 것입니다."

미하일은 다급히 설명을 덧붙였다. 그의 예상과는 다른 반응에 당황한 모습이었다.

― 겨우 삼백만 유로도 되지 않잖나. 천만 유로를 사용해서라도 더 많은 아티팩트를 확보했어야 하는 것을. 분명 그렇게 지시를 했을 텐데? 내 지시를 무시하는 것인가?

"아닙니다. 하지만 회장님, 저는 사실 의문입니다. 이번에 나온 아티팩트가 비록 그동안 나온 아티팩트와 다른 것이긴 합니다만, 아머드 기어가 주류인 현재, 아무리 아티팩트라고 해도 검과 방패에 그런 가치가 있는 것입니까? 더욱이 1년짜리 소모형 아티팩트입니다."

사실 미하일 그로모프는 이번 경매를 부정적으로 보고 있었다. 그도 경매에 참석하여 이기동의 설명을 듣고 영상도 보았지만, 그 생각은 크게 변하지 않았다.

겨우 검이나 방패 따위를 사기 위해 쓰는 것 치고 말도 안 되는 비용과 노력을 지불했다. 시간 낭비라고 생각했다.

아무리 아티팩트라 하지만 검과 방패로 몬스터를 사냥하는 것은 너무도 비효율적인 일이다. 그 시간에 아머드 기어 부품 하나를 더 만드는 게 낫다.

다만 그동안의 아티팩트들은 반지나 목걸이, 귀걸이 등 장신구 형태의 것들이 주를 이루고 있었으며, 검과 방패와 같은 물건은 아주 소량에 지나지 않았다.

그래서 미하일은 하인켈 사의 연구소에 보내려는 것으로 판단하고, 적정가격에 적당한 수량만 확보를 하고 더 이상 경매에 참여를 하지 않았다. 무기형 아티팩트가 각 종류별로 대량 풀렸다는 것만이 이번 경매의 의미라고 생각한 것이다.

— 자넨 아직도 내가 무엇 때문에 자넬 그곳으로 보낸 것인지 이해를 못한 것 같군.

"네? 그게 무슨 말씀이십니까?"

보고를 하던 미하일은 하인리히 회장의 말에 어리둥절한 표정이 되어 물었다.

— 잘 듣게.

"예."

— 첩보에 의하면 미국과 일본, 그리고 중국에 타이탄이

넘어갔네.

"예, 그 정보는 저도 알고 있습니다. 한국에서 온전한 형태의 타이탄을 발굴했고, 한국 정부가 미국에 한 기, 발굴한 헌터 클랜에서 일본에 한 기를 넘겼다고 들었습니다. 또 헌터 협회 부회장인 차현수가 몰래 중국에 한 기를 밀반출했다는 것도 알고 있습니다."

미하일은 자신이 절대로 무능하지 않다는 것을 하인리히 회장에게 알리기 위해 자신이 알고 있는 정보를 모두 말했다. 한국 정부에서도 차현수와 노태 그룹 회장이 담합하여 타이탄 한 기를 빼돌린 것을 모르고 있는데, 자신은 알고 있음을 어필한 것이다.

— 자네도 알다시피 중국과 일본은 문제가 되지 않아. 문제는 미국이지.

"음……."

미하일은 하인리히 회장의 말을 듣고 작게 신음을 흘렸다.

하인리히 회장의 말처럼, 중국과 일본은 회장의 말대로 타이탄이 흘러 들어갔다고 해서 별로 문제가 될 것이 없었다.

중국과 일본에는 사실상 타이탄에 대해 제대로 알고 있는 자가 없기 때문이다.

하인켈 사 또한 협력 관계를 맺은 이계의 존재가 없었다면 타이탄에 대한 연구를 시작하지도 못했을 것이다.

이계의 존재는 정말이지 타고난 장인들이다. 판타지 소설 속 드워프와 딱 닮았는데, 그들의 손재주는 현대 과학에 버금갈 정도로 뛰어났다.

더욱이 그들이 만들어 내는 합금은 현대 기술로도 제작하기 어려웠다. 거기다 어떻게 제련을 하는지, 같은 성분을 가진 물질이라도 그들의 손을 타면 더욱 강도가 높고 연성이 좋았다.

그들의 명칭이 진짜 드워프인 것은 아니었지만, 외모나 능력이나 전혀 신화 속 드워프와 다를 것이 없었으므로 편의상 그렇게 부르게 되었다.

드워프들과 협력한 덕분에, 그들은 뒤늦게 아머드 기어를 개발했는데도 대몬스터 병기 관련 기술의 선두에 있던 미국을 따라잡았다.

미국이 자신들을 제치고 다시 한 번 선두에 서기 위해 절치부심하고 있음을 알고 있다.

더욱이 미국은 드워프와 협력하고 있는 자신들처럼 또 다른 이계의 존재들인 엘프들과 함께하고 있었다.

"물론 미국에 엘프가 있다고 하지만, 미국인들은 우리와 다르게 그들을 착취하고 있어 엘프들이 적극적인 도움을 주지 않는다고 들었습니다."

— 맞는 말이기는 하지만⋯ 자네가 간과한 것이 있네.

"그것이 무엇입니까?"

미하일은 긴장하여 들고 있던 휴대폰을 꾹 쥐었다.

— 그건 바로 미국이 확보한 존재가 드워프가 아니라 엘프란 사실이네.

"네? 그게 무슨 말씀이십니까?"

— 자네도 알겠지만 엘프들은 마법을 알고 있네.

"아⋯⋯."

마법이란 단어에 미하일은 자신이 무엇을 놓치고 있는지 깨달았다.

하인켈 사는 드워프와 손을 잡고 나서 타이탄에 대해 많은 것을 알게 되었다.

타이탄은 아머드 기어와 같은 기계 덩어리가 아니었다. 아무리 현대의 과학기술이 뛰어나다고 해도, 타이탄을 만드는 것은 불가능했다. 지금보다 몇 세기를 더 연구를 한다면 그 비슷한 것을 만들 수는 있겠지만, 천문학적인 연구비와 그에 버금가는 제작비가 소요될 것이다.

겉모습은 지구의 대몬스터 병기인 아머드 기어와 비슷하다. 그러나 타이탄의 진정한 비밀은 바로 자아, 에고(Ego)의 존재였다. 한마디로 금속으로 이루어진 생명체인 것이다.

과학으로 만들어낸 인공지능은 가질 수 없는, 불확실한 상황에서의 판단 능력. 인공지능은 주어진 데이터를 근거로 상황을 판단한다. 때문에 판단을 내릴 수 없는 예측불허의 상황이 벌어질 경우, 오류가 발생한다.

그러나 타이탄의 에고는 불확실한 상황에서 주관적인 판단을 내릴 수 있었다.

데이터로는 설명하기 어려운 인간의 분위기, 육감, 느낌, 예감… 에고는 마치 인간처럼 판단하는 것이 가능했다. 확률로 예측할 수 없는 결과에서도 긍정적인 쪽을 결정하여 판단하는 게 가능하다는 뜻이다.

에고와 인공지능. 둘 중 어느 것이 더 뛰어나다 말하기는 힘들지만, 인간만이 할 수 있는 것을 인공 생명체인 타이탄이 할 수 있다는 것.

미하일은 평생 이를 처음 알게 되었을 때보다 놀란 적이 없었다.

그런데 드워프의 말에 따르면, 엘프의 마법만이 타이탄의 에고를 완성한다고 하였다. 인간과 드워프가 타이탄의 외형은 만들지만, 에고는 엘프만의 영역이란 것이다.

물론 드워프 중에서도 최고의 장인들 중 몇몇이 만든 물건에도 에고가 들어 있기는 했지만, 타이탄만은 예외였다.

타이탄은 그 자체가 마법 생명체였다. 사실상 마법과 거리가 먼 드워프들에게 타이탄의 에고는 접근이 불가능한 영역이었다.

오래전 드워프의 전설에 따르면, 연금술과 대장장이의 정점에 선 드워프, 대정령을 소환할 수 있는 하이 엘프, 그리고 8클래스의 인간 마법사가 손을 잡고 최고의 타이탄을 만들었다는 이야기가 전해진다.

서로를 경원시하는 드워프와 엘프, 그리고 인간. 종족이 다른 세 존재가 무엇 때문에 힘을 합쳐 최고의 타이탄을 만들었는지는 알 수 없지만, 같은 전설이 엘프에게도 전승되고 있다고 한다.

타이탄을 완성시키기 위해서는 결국 세 종족의 힘이 모두 필요하다는 이야기였다.

그렇다고 하인켈 사가 타이탄을 절대 만들 수 없는 건 아니었다.

드워프들은 고급 타이탄이 아닌 하급이라면 에고가 없이

도 만들 수 있다고 했다.

다만 하급 타이탄은 에고가 없기 때문에 주인을 가리지 않고 누구나 탑승을 할 수 있었다. 때문에 도난당할 수 있다는 것이 문제였다.

결국 하인켈 사에서 미국보다 앞서 진정한 타이탄을 만들어내기 위해서는 마법의 존재가 절실했다. 마법에 대한 지식이 있는 엘프가 필요한 이유였다.

— 그렇기에 이번 한국의 아티팩트 경매 행사를 주목한 것이네.

"마법이 필요한 것과 이 경매 행사가 무슨 관련이 있습니까?"

— 아직도 깨닫지 못했나?

"무슨 말씀이신지 모르겠습니다."

미하일이 목소리를 낮추며 말했다. 그는 계속해서 질책을 하는 하인리히 회장 때문에 속에서 은근히 화가 치밀었다.

— 이런 것까지 설명을 해야 하다니… 같은 종류의 아티팩트가 이렇게 많이, 한꺼번에 경매에 나온다는 것이 이상하다고 생각하지 않나?

"네? 무슨……."

그것은 그도 기묘하다고 생각하던 부분이었다. 대답을 하려던 미하일은 문득 의아한 생각이 들었다.

'보통은 그렇게 아티팩트를 발굴했다면 한꺼번에 내놓기보단 분할해서 조금씩 경매에 붙이지 않던가?'

그때, 전화기 너머에서 하인리히 회장의 지시가 떨어졌다.

— 이번 경매에 나온 아티팩트는 던전에서 발굴된 게 아니라 전부 만들어진 것이야. 그것도 정보에 의하면 한 사람에 의해서. 원래 내가 그곳으로 가려고 했지만, 상황이 여의치 않아 홍콩에 있던 자네에게 지시를 내린 것인데…….

뒷말은 듣지 않아도 무슨 뜻인지 미하일은 알 수 있었다.

그는 경매가 시작하기 전 공문에서 경매 내용을 보면서, '마치 공산품처럼 일정하다' 라는 생각을 했었다. 아티팩트를 만들다니, 그것도 혀를 내두를 일이었지만 중요한 건 따로 있었다.

"알겠습니다. 남은 아티팩트 경매에 적극 참여해 최대한 많은 수량을 확보하고, 한국 헌터 협회와 작은 연줄을 만들겠습니다. 그리고……."

— 이제야 내 의도를 깨달았나 보군. 지구상에 유일하게 마법을 할 줄 아는, 엘프가 아닌 존재가 한국에 있다는 말이야. 자네도 알겠지만 한국은 미국과 무척이나 가까운 사

이야. 미국이 요구를 한다면 어쩌면 그 마법사를 미국에 넘겨줄지도 몰라.

"알겠습니다. 아티팩트를 만든 사람이 누군지 파악하고, 될 수 있으면 그와 친분을 쌓아두겠습니다."

통화를 마친 미하일 그로모프는 조금 전 하인리히 회장과의 통화를 되짚어보았다. 그리고 어떻게 하면 회장의 지시를 이행할 수 있을지 머릿속을 정리했다.

미하일이 생각에 빠져 있을 때, 그의 비서 아돌프 바인크가 다가왔다.

"사장님, 시간이 되었습니다."

"벌써 시간이 그렇게 되었나?"

회장과 통화를 하는 동안, 2차 경매가 시작할 시간이 되었다.

경매장의 문이 닫히기 직전, 얼른 자신의 자리로 돌아간 미하일은 아티팩트가 공개되기를 기다렸다.

어떤 종류의 아티팩트가 나오든 이젠 상관없다. 최대한 많은 수량을 확보하면서 경매에 아티팩트를 공급한 마법사와 인연을 맺을 수 있게 노력할 생각이다.

— …그냥 아티팩트가 아니라, 두 개의 마법이 담긴 아티

팩트이기 때문입니다.

사람들이 모두 놀라 웅성거리는 가운데, 미하일은 자리에 앉은 그대로 작게 고개를 끄덕였다.

두 가지 이상의 마법을 담는 것은 쉬운 일이 아니다. 발굴되는 아티팩트들 가운데에서도 복수의 기능을 가진 것은 지극히 드물다. 미하일은 경매에 나온 아티팩트를 만든 마법사의 능력이 결코 낮지 않다는 것을 알게 되었다.

그렇다는 말은 자신들에게 더욱 필요한 사람이란 소리였다.

'어떻게 지구에 마법사가… 그것도 두 가지 이상의 마법을 반지에 인챈트할 수 있는 고위 마법사가 있을 수 있는 것이지?'

드워프의 수장인 노커에게 듣기로는 인간의 왕국이 무너진 후, 유사 인류들까지 몬스터들에게 쫓기게 되었다고 한다. 몬스터에 의해 전멸의 위기에 처한 상태에서 드워프와 엘프는 전쟁을 벌이기보단 생존을 위해 도망치는 것을 택했다.

이때 엘프들은 숲으로 도망쳐 온 드워프 때문에 몬스터가 숲으로 들어왔다며 항의했다. 이 일로 드워프와 엘프의 관계가 크게 틀어졌다고 한다.

드워프는 몬스터가 찾지 못할 땅속으로 피신했고, 엘프는 더욱 깊은 숲으로 들어가 결계를 만들어 세상과 단절하였다.

　어떻게 지구로 오게 된 것인지는 아무리 물어도 들을 수 없었다. 다만 신이 자신들을 구원하기 위해 지구로 올 수 있는 게이트를 만들어주었다는 말만 하였다. 당연히 자신들이 넘어온 게이트의 행방도 알려주지 않았다. 그 게이트의 너머에 아직 동족이 남아 있어서인 듯했다.

　그렇게 제국이 멸망하고 유사 인류들이 거의 멸망에 가까운 피해를 입으면서 과거의 기술은 대부분이 소실되고 말았다.

　에고를 만들 수 있는 비전이나 연금술의 비술, 타이탄의 외형을 만드는 기술도 마찬가지였다. 모조리 전쟁으로 파괴되거나 유실되었다.

　타이탄 자체를 어떻게든 확보했다면 거꾸로 제작법을 찾아가는 식으로 기술을 복원할 수 있을지도 모르지만, 이미 미국과 중국, 일본에 넘어갔다.

　그런데 이미 멸망한 지 오래인 제국의 유산인 마법을 알고 있는 사람이 나타났다. 그것도 지구에.

　미하일은 손에 든 팻말을 굳게 쥐었다. 경매사가 경매가를 부르기 시작했다.

"5억!"

— 5억 나왔습니다. 더 없으십니까? 마지막 남은 활력의 반지입니다.

경매가 막바지에 이르렀다. 경매사가 마지막 힘을 짜내 외쳤다.

하지만 더 이상 어느 누구도 경쟁에 참여하지 않고, 얼른 경매가 끝나기를 기다렸다.

— 더 이상 참여자가 나타나지 않으면 경매를 끝마치겠습니다.

끝까지 경매를 고양시키며 경매사는 주변을 살폈다.

— 5억! 한 번 나왔습니다. 정말 없으십니까?

호가를 부른 경매사는 주변을 다시 한 번 돌아보았다. 여전히 참가자들의 반응은 없었다.

그제야 경매사는 연속으로 호가를 부르며 미하일을 가리켰다.

— 5억! 마지막입니다. 5억! 낙찰입니다. 이것으로 대한민국 헌터 협회가 주관하는 아티팩트 경매 행사를 종료하겠습니다. 감사합니다. 지금까지 경매사 김응서였습니다.

경매사는 오늘 아티팩트 경매의 커미션으로 받기로 한 금액을 머릿속으로 그리며 입가에 미소를 지었다.

원래 아티팩트 경매에서 경매사가 받는 커미션은 그리 대단하지 않다. 하지만 오늘 거래한 수량이 거의 500점 가까이 되기에, 몇 년을 벌어야 할 금액이 한 번에 떨어질 것이다.

경매사가 경매장을 빠져나가고, 뒤이어 이기동 이사가 다시 단상 위로 올라왔다.

— 오늘 저희 헌터 협회가 주관한 아티팩트 경매 행사가 흡족하셨는지 모르겠습니다. 갑자기 준비한 것이라 조금 모자란 것이 있었더라도 너그럽게 이해해 주시기 바랍니다. 다음에도 많은 관심을 주시기 바랍니다.

"아니, 오늘 행사가 끝이 아니라 다음에도 아티팩트 경매를 한다는 것입니까?"

이기동의 말에 참석자 중 누군가가 물었다.

— 예. 경매 시작 때도 말씀드렸다시피, 오늘 경매는 제1회 아티팩트 경매 행사였습니다. 앞으로도 주기적으로 아티팩트 경매가 있을 겁니다. 오늘 경매에 나온 아티팩트는 저희 협회 소속 헌터님이 만드신 것입니다. 때문에 수량은 헌터님의 사정에 의해 변동이 될 수도 있지만, 경매는 계속

될 예정입니다.

　사람들은 입을 떡 벌렸다. 워낙 수량이 많아 혹시나 하는 생각은 있었지만, 직접 제작한 아티팩트라니, 대체 누가 만들었단 말인가?

　"혹시 다른 종류의 아티팩트도 만들 수 있는 것입니까?"

　또 다른 사람이 이기동에게 물었다.

　― 자세한 것은 저도 알지 못합니다만, 아마도 가능할 겁니다.

　"그게 정말입니까? 어떤 것입니까?"

　이기동의 말이 떨어지기 무섭게 여기저기서 질문이 쏟아졌다. 경매장은 바로 옆 사람이 하는 말도 듣기 어려울 만큼 소란스러워졌다. 몇몇 사람들은 충격으로 할 말을 잃고 이기동을 멍하니 쳐다보았다.

　― 자세한 사항은 다음 경매 일정과 함께 협회 공식 사이트를 통해 공지하겠습니다. 그럼 이만 행사를 마치겠습니다.

　말이 끝나기 무섭게, 이기동은 도망치듯 단상을 내려가 밖으로 나가 버렸다. 남겨진 사람들은 혼란스러운 얼굴로 서로를 바라볼 뿐이었다.

백장미는 이기동이 나가자마자 바로 뛰어나와, 정진의 행방을 찾았다.

"언니! 누굴 그렇게 찾으세요?"

경매장 밖에서 백장미를 기다리고 있던 이화선이 두리번거리는 그녀에게 물었다.

"응… 아까 로비에서 봤던 남자를 찾고 있는데, 못 봤니?"

이화선이 놀란 눈으로 그녀를 지긋이 쳐다보았다.

"왜 쳐다봐? 봤어, 못 봤어?"

아무런 표정 없이 당당하게 물어보는 백장미에게 기가 눌린 이화선이 얼른 대답했다.

"조금 전에 저쪽으로 지나갔어요."

"오, 그래? 그럼 난 볼일이 있어서 좀 늦을 것 같다고 선화한테 전해줘, 알았지?"

"저, 저기!"

백장미는 자신의 할 말만 남기고 조금 전 이화선이 가리킨 방향으로 걸어갔다. 이화선이 뒤에서 그녀를 불렀지만, 백장미는 듣지 못했는지 벌써 모퉁이를 지나 사라져 가고 있었다.

"전하라니… 나한테 그 불똥을 어떻게 감당하라고."

이화선이 골치가 아프다는 듯 머리를 부여잡았다.

한편, 이화선이 가리킨 방향으로 급히 뛰어간 백장미는 엘리베이터 앞에 서 있는 정진을 보았다. 하지만 그는 막 도착한 엘리베이터로 들어서고 중이었다.

"저기요!"

다급히 외쳤지만, 엘리베이터 문은 닫히고 말았다.

"에이, 씨… 몇 층으로 가는 거지?"

백장미는 얼른 층수 표시 화면을 올려다보았다.

엘리베이터는 경매장이 있는 층에서 2층 더 올라간 5층에 멈췄다.

"아하."

백장미는 정진이 어디로 갔는지 짐작할 수 있었다. 오늘 경매 물품들은 모두 그가 만든 것이다.

경매가 끝났으니, 당연히 경매 결과가 어떤지 확인하고 정산하기 위해 책임자를 찾아가리라. 5층은 책임자인 이기동 이사의 사무실이 있는 곳이다.

"이기동 아저씨의 사무실로 갔구나."

백장미가 느긋하게 엘리베이터 버튼을 눌렀다.

팅!

그 엘리베이터는 직원용 엘리베이터였지만 백장미에게 이미 그건 문제가 되지 않았다. 직원용 엘리베이터는 외부인이 사용하지 못한다는 생각도 지금은 떠올리지 못했다.

머릿속이 온통 정진에 관한 일들로 가득했던 것이다. 아직 정진과 대면하지도 않았지만, 이미 백화 클랜의 서포터가 되어 자신에게 아티팩트를 건네는 정진의 모습이 그려지고 있었다.

자신의 배경이면 헌터 협회도 어느 정도 문제 삼지 않고 넘어갈 것이라고 대수롭지 않게 여긴 것도 있었다.

하지만 헌터 협회에서는 정진에 관한 정보를 숨기기 위해서 일부러 직원용 엘리베이터를 이용하도록 배려한 것이었다. 그녀 또한 협회에서 정진의 존재를 숨기려 하고 있다는 것을 알았다면, 이렇게 막무가내로 나가진 않았을 것이다.

우웅!

백장미가 탄 직원용 엘리베이터의 문이 닫히고, 5층을 향해 움직여 갔다.

"조금 늦었습니다."

"아닙니다. 저도 방금 왔습니다."

이기동은 얼른 자신의 사무실로 들어와 먼저 도착해 있던 정진에게 인사를 하였다.

"아직 정산이 끝나지 않아 조금 더 기다리셔야 할 것 같습니다."

"당연하죠. 이제 막 경매가 끝났는데, 벌써 정산이 끝났을 리가요. 천천히 하십시오."

정진이 미소 지으며 대답했다.

오늘 경매를 지켜본 결과, 경매 진행은 무척이나 마음에 들었다.

자신의 예상보다 더 활발하게 진행되면서 낙찰 금액도 상당히 높아졌다. 예상보다 두세 배 이상 높아진 기대 이상의 수확에 정진은 속으로 회심의 미소를 짓고 있었다.

다음번에도 이렇게만 낙찰 금액을 받을 수 있다면 정부에서 지원받은 상급 마정석을 보다 빠르게 변제할 수 있을 것이다.

그리고 기회만 된다면 좀 더 상급 마정석을 구해볼 생각이다.

상급 마정석이 자주 볼 수 있는 물건은 아니지만, 그렇다고 아주 찾기 힘든 물건도 아니다.

돈만 있으면 그 무엇이라도 구할 수 있다는 건 현대의 진리였다. 수익이 좋으니 어쩌면 최상급 마정석을 구할 수 있을지도 모른다.

그런 생각을 한 정진이 눈을 반짝였다.

"오늘 경매에 출품한 아티팩트들 모두 개당 1억 5천만 원 이상의 금액으로 낙찰이 되었습니다. 저희 헌터 협회나 정부에 납부하는 세금을 빼고도 상당할 것입니다."

이기동은 자신이 직접 주최한 이번 경매 행사가 무사히, 그리고 매우 성공적으로 끝난 것에 고무된 듯했다.

정진 또한 뿌듯했으니, 경매 전부터 여기저기 돌아다니며 그 이상으로 바빴던 이기동도 당연히 기쁘리라.

이기동은 이번 경매로 얻은 것이 많을 것이다. 협회의 수익도 어마어마할 테고, 그 모든 일을 진행한 이기동에 대한 평가도 올라갈 테니 말이다.

자신이 한 일로 누군가가 기뻐하고 있는 것을 보는 기분은 썩 나쁘지 않았다.

정진은 말없이 미소만 지어 보였다.

그때였다.

"아니, 들어가시면 안 됩니다."

"왜 안 된다는 것이죠? 내 신분을 모르는 것도 아닐 테고, 이기동 이사를 만나러 왔다니까요?"

"아무리 그러셔도 안 됩니다. 지금 이사님은 다른 손님과

면담을 하고 계시니까 다음에 다시 오세요."

정진과 이기동은 이야기를 하던 중 밖에서 들리는 소란에 어리둥절했다. 이기동의 비서와 알 수 없는 여인의 목소리가 문밖에서 들리고 있었다.

벌컥!

그때, 느닷없이 사무실의 문이 열렸다.

이기동은 노크도 없이 사무실 문을 열고 침입해 온 사람을 향해 약간 큰소리로 외쳤다.

"누구야?"

"안녕, 아저씨."

"어? 네가 여긴 어쩐 일이야?"

이기동이 당황한 표정으로 엉거주춤 일어섰다.

사무실 문을 열고 들어온 사람은 다름 아닌 백화 클랜의 클랜장인 백장미였다.

이기동은 자신의 사무실로 들어오는 백장미의 모습을 보며 얼떨떨한 표정을 지었다. 사람이 너무 놀라면 그 반응이 느려지게 된다. 지금 이기동의 상태가 딱 그러했다.

그는 자신을 보자마자 침입해 온 사람답지 않게 밝게 인사를 건네는 백장미를 보고, 너무 놀란 나머지 정진과 이야기를 하고 있었다는 것도 잊을 지경이었다.

"뭐, 제가 못 올 곳을 왔나요. 협회에서 아티팩트 경매를 한다고 해서 들렀다가 끝나고 아저씨를 보러 온 것이죠."

백장미는 곁눈질로 정진을 살피면서도 뻔뻔스럽게 이기 동을 보러 왔다고 말했다.

"손님이 왔는데 차 한 잔 안 주시나요?"

"휴, 그래… 뭐 마실래?"

이미 그녀의 페이스에 넘어간 이기동이 어처구니없다는 표정을 지었다가, 곧 어쩔 수 없다는 듯 한숨을 쉬었다.

새침한 얼굴을 하고 있던 백장미는 의도대로 상황이 흘러 가자 곧 생글생글 웃어 보였다.

"전 시원한 물 한 잔 주세요."

"알았다. 정정진 헌터는 어떤 음료를 드시겠습니까?"

이기동은 이미 늦었다는 생각에 속으로 작게 한숨을 쉬고 는 고개를 돌려 정진에게도 물었다.

정진은 갑자기 문을 밀고 들어온 백장미를 보며 조금 놀 란 상태였다. 익히 친분은 있어 보이지만 이기동을 끌고 가 듯 대화하는 것을 보면서 겉모습에서도 느껴지듯 그녀가 상 당히 대찬 여성이라는 생각이 들었다.

"전 녹차로 부탁드립니다."

밖에서 백장미와 소란을 피우던 비서는 사무실 문 앞에

서서 안절부절못한 채 그들을 쳐다보고 있었다.

그도 그럴 것이, 이기동이 사무실로 들어가면서 절대 아무도 접근하지 못하게 하라고 지시를 하고 들어갔기 때문이다.

그나마 백장미가 이기동과 상당히 친분이 두터운 것으로 보이지만, 어찌 되었든 중요한 이야기 중에 방해를 한 것은 분명하다.

"여기 녹차 두 잔하고, 얼음 넣어서 시원한 물 한 잔 가져다 줘."

"알겠습니다."

비서는 이기동의 지시에 얼른 대답을 하고 사무실 문을 닫았다.

문이 닫히고, 잠시 사무실 안에는 침묵이 흘렀다.

하지만 그것도 잠시였다.

이기동은 살짝 고개를 숙이며 정진에게 양해를 구한 뒤, 백장미를 보며 물었다. 언성을 높이지는 않았지만 약간은 질책이 담겨 있었다.

"다시 한 번 묻겠는데, 무슨 일로 이렇게 막무가내로 날 찾아온 것이냐?"

"그게… 저, 정정진 헌터라는 사람이 아티팩트를 만든

마법사라고 들었거든요."

백장미는 다소 긴장된 기색이었지만, 이기동의 성격을 잘 알고 있었다. 이럴 땐 돌려 말하지 않고 바로 들어가야 한다.

사실 이기동과 백장미는 스승과 제자라고도 할 수 있는 관계였다.

백장미가 처음 헌터 훈련을 받을 때, 그녀를 가르친 사람이 바로 이기동이었던 것이다.

그녀가 헌터가 되려고 했을 때, 백장미는 자신의 생각을 아버지인 신세기 그룹 회장에게 이야기했다. 백 회장은 헌터가 되겠다는 의지가 굳건한 그녀의 결심을 받아들였고, 최고의 스승을 초빙해 주었다.

지금이야 이기동이 나잇살이 붙으면서, 근육보단 살집이 더 많은 둔해 보이는 모습이지만, 한때 그도 6급의 헌터였다. 나이가 들어 현역에서 은퇴할 시기가 되자 헌터 협회에서 그를 스카우트한 것이다.

헌터 협회도 인맥이 무척이나 중요한데, 간부가 되기 위해선 다양한 인맥을 가지고 있어야 한다. 대한민국 재계 5위의 신세기 그룹 회장과의 인맥이라면 절대 작지 않은 인맥이다.

이기동은 신세기 그룹 백동한 회장의 추천을 받고 협회 간부가 되면서, 백장미에게 개인 교습을 해주었다.

그런 인연도 있어, 백장미는 수시로 이기동을 찾아와 도움을 받고는 했다. 오늘처럼 막무가내로 그의 사무실까지 밀고 들어올 수 있는 것도 그러한 인연이 있기 때문이었다.

"너, 그걸 어떻게 알게 된 거야?"

백장미와 인연이 깊다고는 하지만 정진에 관한 일은 비밀을 엄수해야만 한다. 이는 협회 회장인 전기수 회장의 지시이기도 했기에, 이기동은 백장미의 말에 긴장을 하며 물었다.

한편, 이기동이 평소와 다르게 굳은 표정으로 자신을 다그치자 백장미도 표정을 조금 굳혔다.

"그게, 경매 중간에 쉬는 시간에 복도에 있었는데, 아저씨하고 저분의 이야기를 우연히 들었어요."

"음……."

이기동은 백장미의 이야기를 듣고 작게 신음을 흘렸다.

자신의 부주의로 정진의 비밀을 다른 사람이 알게 되었으니, 회장의 지시를 어기게 된 것은 물론 정진에게도 볼 낯이 없어질 판이다.

백장미는 이기동의 눈치를 살피며 얼른 말했다.

"어디 가서 저분이 아티팩트를 만든 사람이라고 말 안 할게요. 아저씨가 얘기하는 거 들었다고도요. 절대로."

그리고 은연중에 정진의 안색도 살펴보았다.

하지만 잔뜩 굳어진 이기동과 다르게, 정진은 자신의 정체가 들켰음에도 별다른 표정의 변화가 없이 한없이 잔잔한 표정이었다.

'숨기던 자신의 정체가 들켰는데 무척이나 담담하네?'

백장미는 자신도 모르게 고개를 갸우뚱했다.

"제 부주의 때문에 이런 일이 발생하게 되었습니다, 정말 죄송합니다."

이기동은 정진을 향해 고개를 숙였다.

최대한 숨기려 했는데, 이렇게 일찍 누군가에게 발각이 되리라고는 정말 상상도 하지 못했다. 발각되는 게 설마 자신과 정진의 대화를 통해서일 줄은 더욱.

"뭐, 늦든 빠르든 언젠가는 알려지게 될 일이었습니다. 사실 숨긴다고는 했지만 몇 달 전 재판을 본 사람이라면 충분히 저라는 것을 알 수 있는 일이구요."

정진은 이미 오래전 이런 일이 벌어질 것을 예감했다.

헌터 협회와 정부는 자신에 관한 정보를 숨기려 노력을 했지만, 어차피 이미 한 번 외부에 알려졌기에 완벽하진 않을 것이라 짐작했다. 워낙 파란을 몰고 온 일이기도 했다.

하지만 이렇게 빨리 발각이 될 줄은 그도 예상하지 못했다.

정진이 백장미를 보며 입을 열었다.

"그런데 아무래도 이사님보단 절 보러 오신 것 같습니다."

백장미의 안색이 살짝 붉어졌다. 마치 개구쟁이 아이가 몰래 장난을 쳤다가 엄마에게 들켰을 때의 표정과 한 치도 다르지 않았다.

백장미가 정진의 시선을 피하며 이기동을 향해 웅얼거리듯 변명했다.

"그, 그건… 일 때문에 경매에 늦게 참가를 하는 바람에… 제 것은 겨우 구하긴 했는데, 선화 것은 구하지 못했거든요, 그래서……."

이기동은 그제야 표정을 풀고 백장미를 보았다. 정진도 자신도 모르게 미소를 지었다.

언뜻 듣기로는 자신보다 5~6살 정도 많다고 했다.

그런데 하는 행동을 보면 자신의 동생인 정은과 그다지 다르지 않은 듯하다. 연상이지만 순진하고 귀엽다고 그는 생각했다.

"그럼 다음 경매에 구하면 되는 것 아니냐?"

이기동은 자신의 사무실까지 백장미가 쳐들어온 것이 그런 사소한 이유였다는 것에 기가 막히다는 듯한 표정이었다.

그럴수록 백장미의 고개는 더욱 밑으로 내려갔다.

"아니, 그런 것도 있고… 이야기를 들어보니까 물건에 한 가지가 아니라 두 가지 이상의 기능도 넣을 수 있는 것 같고, 그래서 저는……."

백장미는 말을 하면서도 고개를 살짝 틀어 정진을 돌아보았다.

정진은 그녀가 하고자 하는 이야기를 짐작할 수 있었다.

"그러니까 제게 주문 제작 의뢰를 하겠다는 말씀이십니까?"

백장미가 고개를 번쩍 들었다.

"맞아요, 제가 하고 싶은 말이 바로 그거에요."

분명 겉으로 보기에 자신보다 어려 보이는 사람이었지만, 분위기상 정진에게 함부로 대할 수 없는 백장미는 존칭을 사용하고 있었다.

"주문 제작이 가격이 높으리라는 것은 짐작하시죠?"

"네."

"단순 기능을 넣는 것보다 여러 기능을 넣는 것이 더 어려운 작업이란 것도요?"

"네, 그거야 당연한 말 아닌가요?"

"그런데도 절 찾아왔다는 것은 그 어려운 작업에 대한 비용도 어느 정도 감안하고 주문하시는 거겠지요?"

"맞아요. 그리고… 사실 할 수 있다면 저희 클랜에 들어오지 않겠냐고 권유하고 싶어서요."

"백화 클랜에요?"

"네."

정진은 백장미의 말에 의아한 표정이 되었다.

갑작스러운 이야기이기도 했지만, 백화 클랜은 모두 여성들로만 이루어진 클랜이라고 들었다. 그런데 자신을 영입하려고 한다니 잘 이해가 되지 않았다.

정진의 표정에 백장미도 정진이 무슨 생각을 하는 것인지 알겠다는 듯 고개를 저으며 덧붙였다.

"뭔가 오해를 하신 것 같은데, 저희 클랜이 여성 헌터들로 구성되어 있지만 서포터까지 여자들만 있는 것은 아니에요."

백화 클랜에 대한 흔한 오해 중 하나였다.

백화 클랜은 소속 헌터들이 여성일 뿐, 다른 인력들은 여자도 있고 남자도 있었다.

더욱이 백화 클랜은 아머드 기어의 사용 비율이 높은 편이다.

아머드 기어는 한 번 헌팅을 다녀오면 꼼꼼하게 정비해야 하는 물품 중 하나다. 그 아머드 기어의 정비사는 남성의 비중이 절대적으로 높았다.

그러니 백화 클랜이라도 남자가 아예 없을 수는 없었다.

정진은 백장미의 설명을 듣고 자신이 어떤 오해를 한 것인지 깨닫고 고개를 끄덕였다.

하긴 정진이 속한 팀 아케인은 겨우 여섯 명으로 구성된 아주 작은 파티다. 겨우 아머드 기어 한 기를 갖고 있으니 아케인에는 아직 없지만, 백화 클랜처럼 여러 명의 헌터가 있고 소유한 아머드 기어가 많다면 당연히 서포터를 따로 두고 있을 것이다.

"저희 클랜에 들어오는 것이 어때요?"

백장미는 눈을 반짝이며 정진에게 의향을 물었다.

그런 백장미의 눈을 보며, 정진은 차분하게 고개를 저었다.

"감사한 얘기입니다만, 저는 이미 소속이 있습니다."

정중하지만 단호한 태도였다. 백장미의 미소 띤 표정이

단번에 굳어졌다.

설마 제안을 거절할 거라고는 생각지도 못했다.

백화 클랜은 대한민국에서도 3대 클랜에 꼽히는 대단한 클랜이다.

여성 헌터로만 구성된 클랜이지만, 헌터의 세계에서 중요한 건 성별이 아니다. 소속된 클랜의 규모와, 무력에 따라 당장 받을 수 있는 대우가 달라진다.

그러니 백장미의 제안은 어떻게 보면 헌터라면 누구라도 쌍수를 들고 환영할 일이다. 아니, 수많은 헌터들이 먼저 나서서 받아달라고 하는 곳이 백화 클랜이다.

하지만 정진은 백화 클랜이 아니라 대한민국 부동의 1위라는 엠페러 클랜이 제안해 왔다고 해도 거절했을 것이다.

그것은 뉴 어스의 고대 마도 제국, 아케인의 정수를 물려받았다는 자부심에서 비롯된 것이었다.

정진은 자신이 물려받은 것만 제대로 소화를 한다면, 대한민국 1위가 아니라 세계 1위 클랜보다도 더 대단한 클랜을 만들 수 있다는 확신을 갖고 있었다.

"소속이 있다고요?"

"그렇습니다."

"어떤 클랜에 소속되어 있나요? 만약 소속된 클랜을 탈

퇴하고 저희 클랜으로 오신다면, 위약금을 저희 쪽에서 처리하겠습니다. 연봉도 두 배로 드리겠습니다."

백장미가 거듭 영입 제안을 했지만, 정진의 표정은 그대로였다.

"제가 백화 클랜의 제안을 거절하는 것은, 제가 소속된 곳이 바로 제가 주축이 되어 만든 팀이기 때문입니다. 아직 클랜이라 부를 정도로 크진 않지만, 언젠가는 클랜으로 발전할 것입니다."

백장미는 한동안 말을 잇지 못했다. 머릿속으로 어떤 말을 해야 할지 생각을 하느라 잠시 대화가 중단된 것이다.

'팀이란 것을 보니 아직 인원이 열 명도 되지 않는 것 같은데, 그들을 모두 우리 백화로 스카우트하는 것은 어떨까?'

하지만 그것은 자신이 독단으로 결정할 수 있는 일이 아니었다.

정진이야 아티팩트를 만들 수 있으니 서포터로서 스카우트하는 것이라 하면 되는 일이지만, 헌팅 파티를 스카우트하는 것은 또 다른 문제였다.

Chapter 4
주문 제작

정진은 시간이 갈수록 난감한 상황에 빠졌다.

원래는 이기동과 함께 경매 결과에 대한 이야기와 이후의
처리, 앞으로 자신이 만들 아티팩트의 판매에 관한 전반적
인 이야기를 하려고 했다.

하지만 그 계획은 백장미의 난입으로 인해 다음 기회로
미뤄야 할 듯했다.

백장미에게 오늘 경매에 나온 아티팩트들의 제작자임을
들켰으니 어쩔 수 없었다.

거기에 뜻하지 않게 백장미로부터 받은 영입 제안을 거절
하는 것 또한 난감했다.

그나마 백장미는 대한민국 3대 클랜의 클랜장임에도 전혀 그런 티를 내지 않았다.

백장미의 외모는 정진이 지금까지 봐온 그 어떤 미녀들보다 미인이었으며, 또 정진의 이상형에 가까웠다. 헌터이면서도 여느 여성 헌터들처럼 우락부락한 근육으로 덮여 있지 않고, 오히려 모델이나 연예인처럼 아름다웠다.

이기동과의 이야기를 방해 받긴 했지만 그리 기분이 상하지 않은 데는 그런 이유가 있기도 했다.

"그럼 팀 전체가 우리 클랜에 들어오는 것은 어때?"

통성명을 하고 나이를 알게 되자, 백장미는 어느새 더 이상 정진에게 높임말을 하지 않고 편안하게 대하기 시작했다.

"그건……."

정진은 백장미의 제안에 막 거절을 하려다 입을 다물었다.

아무리 자신이 팀 아케인을 구상했다고 해도, 현재 팀 아케인의 팀장은 본인이 아니라 가장 연장자인 이정진이었다.

물론 이정진이 팀장이라고 해서 독단으로 팀 아케인의 문제를 결정할 수는 없고, 아케인의 가장 핵심 전력이 바로 정진이기에 팀 아케인의 중대한 문제는 모두 자신과 의논을 하여 진행한다.

그러나 아무리 팀원들이 이 일에 대한 자신의 결정을 수용해 준다고 해도, 그런 일이 쌓이고 쌓이면 언젠가는 갈등으로 불거질 수 있었다. 사소한 것이라도 팀장인 이정진과 논의를 하고, 또 팀원들에게도 알려 의견을 물어야 했다.

나중에 팀 아케인이 팀이 아닌 클랜으로 발전을 하게 된다면 그때부터는 직위에 따라 권한을 설정하겠지만, 현재는 그저 일개 몬스터 헌팅 파티일 뿐이기에 굳이 구별을 하지 않고 편하게 하고 있었다.

"그것도 바로 대답을 할 수는 없겠네요. 현재 제가 속한 팀의 팀장님은 뉴 어스에 계셔서……."

"뭐야! 이것도 싫고 저것도 싫고, 너 내가 싫어?"

정진의 말이 끝나지도 않았는데, 자신이 듣고자 하는 대답을 듣지 못한 백장미가 정진의 말을 가로채며 따지고 들었다.

옆에서 지켜보던 이기동은 자신의 이마에 손을 가져다 대며 고개를 흔들었다.

"장미야, 너 지금 남들이 들으면 무척이나 오해할 수 있는 말을 했다는 것을 알고나 있냐?"

"네? 무슨 말이요?"

백장미가 고개를 갸웃했다. 그녀의 성격이 원래 이런 것은 아니다. 한 번 뭔가에 꽂히면 너무 집중하다 보니 다른 데서 다소 맹해질 뿐.

이기동은 땅이 꺼져라 한숨을 쉬었다.

"…팀 아케인 전체를 백화 클랜으로 영입하겠다고 했는데, 그건 네 생각이냐, 아니면 선화도 허락한 사항이냐?"

"억!"

백장미는 순간 외마디 비명을 질렀다가, 자신의 비명 소리에 놀라 두 손으로 자신의 입을 막았다.

백장미의 반응에 이기동은 그럴 줄 알았다는 듯한 표정을 지었다.

사실 이기동이 백장미에게 헌터 수업을 하고 있을 때, 이선화 또한 함께 수업을 받았다.

사실 그 당시 이선화는 헌터가 되는 것에 큰 관심이 있는 것은 아니었다. 다만 친구인 백장미가 자신의 집안 사촌과 파혼하고 남자 혐오증을 갖게 된 것에 약간이나마 책임감을 느껴 함께한 것이다.

이선화는 이기동에게 배우면서 점차 헌터란 직업에 매력을 느끼고 본격적으로 뛰어들게 되었다.

백화 클랜은 그런 이선화가 백장미와 함께 만든 클랜이

다. 비록 클랜장은 백장미지만, 공동으로 창설한 클랜이나 다름없었다.

거기다 부클랜장이지만 차분하고 꼼꼼한 성격인 이선화가 클랜장의 실제 업무를 거의 도맡아 하고 있었으므로, 헌팅 팀의 영입은 이선화의 권한이었다.

이기동은 지금 백장미의 막무가내 영입을 제어할 수 있는 이는 이선화뿐이라는 것을 잘 알고 있었으므로, 넌지시 질문을 던진 것이다.

백장미는 여전히 입을 막은 채 흘끔 정진의 눈치를 보았다.

하지만 이미 지금까지 백장미의 막무가내식 영입에 진땀을 흘리던 정진은 재미있다는 듯 그녀를 쳐다보고 있었다.

자신보다 나이가 4살이나 많은, 대한민국에서 이름만 대면 모두가 아는 대형 클랜의 장이란 사람이 이렇게 덜렁거리는 사람이란 것을 누가 믿겠는가.

정진은 처음 이기동의 사무실을 막무가내로 밀고 들어온 백장미의 모습을 봤을 때 카리스마 있는 여인이라 느꼈다. 그런데 지금은 그 첫인상은 온데간데없고, 오히려 덜렁거리는 막내 동생을 보는 것 같아 절로 입가에 미소가 지어졌다.

실제로 방금 전 백장미의 표정과 행동은 막내 정수와 완전히 판박이처럼 똑같아 보였다.

저도 모르게 지은 미소였지만, 그것을 본 백장미는 완전히 붉어진 얼굴을 밑으로 떨궜다.

"부클랜장인 선화, 그리고 간부들과 더 의논을 한 다음 결정이 되면 그때 제안을 하는 것이 어떠냐?"

이기동이 얼른 끼어들어 백장미를 설득하였다.

손으로 얼굴을 가리고 있던 백장미가 고개를 미미하게 끄덕였다. 그제야 자신이 밑도 끝도 없이 들이닥쳤다는 것을 깨달은 듯했다.

막말로 영입 제안을 정진이 받아들였다고 일이 끝나는 것이 아니다. 친구인 이선화나 백화 클랜의 다른 간부들도 정진과 그가 속한 헌팅 팀을 받아들인다고는 장담할 수 없기 때문이다.

백화 클랜이 현재 여성 헌터들만 영입하고 있는 것은 사실 백장미의 남자 혐오증도 그렇지만, 다른 클랜원들도 각자 여러 가지 사정이 있어서였다.

여성 헌터들은 헌터가 되기도 힘들지만, 상대적으로 많은 고충을 겪는다.

가장 빈번하게 일어나는 것은 사냥에서 받는 여러 불이익

들이다. 보수를 적게 받는 것은 다반사였고, 심지어 몬스터를 유인하는 미끼 역할을 하게 되는 일도 많았다.

그렇게 어려움을 겪던 여성 헌터들은 백장미와 이선화가 만든 팀에 모이게 되었고, 클랜으로 발전하였다.

그러니 백화 클랜에 있어 남자들로 이루어진 헌팅 팀의 영입은 절대 쉽게 생각할 문제가 아니었다.

뒤늦게 자신이 경솔한 짓을 저질렀다는 것을 깨달은 백장미가 조금 풀이 죽은 목소리로 말했다.

"정말 미안, 내 생각만 하고. 그래도 일단 내가 한 이야기 잘 생각해봐. 네가 아직까지 헌터 클랜에 소속되지 않았다는 것을 다른 사람들이 알게 된다면 위험해질 수도 있어."

"네, 알고 있어요."

정진은 순순히 고개를 끄덕였지만, 백장미가 아직 모르는 것이 있었다.

헌터 협회 이사가 그에게 깍듯하게 대하고 있다는 것이 어떤 의미인지 아직 깨닫지 못한 것이다.

그녀는 그저 정진이 아티팩트를 제작할 수 있으니, 경매를 담당하는 이기동과 함께 있다고만 생각한 것이다.

"아저씨, 저 이만 가볼게요. 선화랑 간부들 소집해서 정진이랑 정진이네 팀을 영입하는 문제를 의논해 봐야겠어요.
다음에 보자."

　백장미는 이기동과 정진에게 번갈아 눈인사를 하고는 사
무실을 나갔다.

　그런 백장미의 뒷모습을 보는 정진의 눈에는 조금은 복잡
한 빛이 가득했다.

　생각해 보면 백장미의 제안이 썩 나쁜 것만은 아니었다.
대한민국 3대 클랜 중 하나인 백화 클랜의 도움을 받는다
면, 자신이 현재 계획하고 있는 것들이 더욱 빨리 이루어질
수도 있다.

　그렇지만 백화 클랜은 그저 그런 클랜도 아니고, 자그마
치 대한민국에서 가장 이름 높은 3대 클랜 중 하나다.

　그런 클랜에 팀 아케인이 들어간다면, 그때부터는 자신이
주도하는 것이 아니라 백화 클랜의 뜻에 따라 흘러가게 될
것이다.

　정진은 처음 백장미의 제안을 들었을 때부터 이런 부분에
대해 고민을 했다.

　그리고 내부에서 심마가 기어들어 오기 시작했다. 빠른
시간에 자신의 경지를 높이고, 또 하루라도 빨리 자신에게
내려진 의무를 완수하고 싶은 욕망과, 한 걸음, 한 걸음 차

근차근 밟아가는 것이 낫다는 생각이 양편으로 갈려 첨예하게 대립하고 있었다.

† † †

이기동의 사무실을 나온 백장미는 얼른 클랜 간부들이 모이기로 한 곳으로 향했다.

곧 헌터 협회 인근 카페에 모여 있는 백화 클랜 간부들의 모습이 눈에 띄었다. 백장미가 머리 위로 손을 흔들었다.

"얘들아, 나 왔다."

"아니, 저것이!"

자신들을 보며 손짓을 하는 백장미를 보고, 이선화가 인상을 찡그렸다.

원래라면 진즉 클랜으로 돌아갔어야 하는데, 경매가 끝나고 무슨 볼일이 있다면서 백장미가 어딘가로 샌 탓에 그녀를 지금껏 기다리고 있던 것이다.

물론 지금 이선화가 짜증을 내는 것은 백장미를 기다린 것 때문만은 아니다. 이곳에서 백장미를 기다리는 동안 있었던 일 때문에 짜증이 난 것이었다.

다만 때마침 백장미가 나타나자 그녀에게로 화살이 날아

간 것이다.

"어디서 뭐하다 이제야 나타나는 거야!"

"어? 뭐야? 선화야, 무슨 일 있었어? 뭔데 그렇게 화가 났어?"

백장미는 간부들이 모인 자리로 가서 자리에 앉으며 이선화를 보며 물었다.

하지만 이선화는 백장미의 물음에 대답은 하지 않고 앞에 놓인 차갑게 식어버린 커피를 들이마셨다.

그런 이선화의 모습에 백장미의 미간이 살짝 찌푸려졌다.

'무슨 일이 있었구나.'

클랜의 부클랜장이자 자신의 죽마고우인 이선화는 자신에게 언제나 바른 모습만 보여주는 그런 친구였다.

화가 나는 일이 있더라도 좀처럼 표시를 내지 않고 혼자 처리하는 친구인데, 자신의 물음에도 짜증이 난다는 표정으로 대답을 하지 않고 외면하는 지금의 모습은 무언가 자신이 모르는 일이 있었음을 시사했다.

"무슨 일이지?"

조금 전 장난스런 표정은 온데간데없이 사라지고 차갑게 굳어버린 백장미의 모습에 주변에 있던 간부들의 표정이 긴장으로 굳어졌다.

"화선이가 대답해 봐! 무슨 일이야?"

백장미는 잔뜩 굳어 있는 다른 사람들보단 그래도 자신과 가까운 이화선에게 무슨 일이 있었는지 물었다.

"그게… 헌터 협회를 나오다 나이트 클랜의 견인수 공대장을 만났어요."

"그런데?"

이화선은 차분히 경매가 끝난 뒤 카페로 오면서 있었던 일을 이야기하기 시작했다.

✝   ✝   ✝

우르르르!

헌터 협회 주관 아티팩트 경매가 끝나고 사람들이 쏟아지듯 1층 로비로 나오기 시작했다.

여섯 개나 되는 엘리베이터였지만 헌터 협회가 주관하는 경매 행사에 참여한 사람들을 모두 수용하기에는 모자랐다. 계속해서 사람들을 실어 나르고 있지만 엘리베이터에서는 끊임없이 사람들이 나오고 있었다.

"장미는 어디 가고 너만 나와?"

1층 로비에서 백장미를 기다리고 있던 이선화는 혼자 내려온 이화선을 보며 물었다.

"누굴 쫓아 가셨어요… 볼일이 있다고 전해달라고 하셨어요."

이화선은 울 것 같은 표정으로 이선화의 질문에 대답을 하였다.

"뭐? 아니, 얘가 오늘 바쁘다고 했는데, 또 어디로 샌 거야!"

이선화는 이화선의 대답을 듣고 어처구니가 없어 한마디 했다. 하지만 대상이 되는 존재가 지금 이곳에 없기에 그저 혼잣말에 지나지 않았다. 이선화가 한숨을 푹 쉬었다.

"어휴, 일단 길이 엇갈리면 요 앞 카페에서 만나기로 했으니 거기서 기다리자."

"네."

이선화를 따라 한숨을 쉬던 백화 클랜 간부들이 일제히 헌터 협회 로비를 빠져나갔다.

그런데 막 헌터 협회를 빠져 나오려던 찰나, 뒤쪽에서 달갑지 않은 목소리가 들려왔다.

"아니, 이게 누구야. 백화의 향기 없는 꽃이네?"

나이트 클랜의 제1공대장인 견인수였다.

백화 클랜은 소속 헌터들에게 닉네임을 꽃 이름으로 붙이고 있는데, 이선화는 자신이 좋아하는 모란꽃을 닉네임으로 선택하였다.

흔히 모란꽃을 일컬어 향기 없는 꽃이라 부르지만, 나이트 클랜은 이를 가지고 이선화와 백화 클랜의 헌터들을 비웃었다.

백화 클랜의 여성 헌터들이 대체로 남자들을 기피하는 모습에 빗대어 향기 없는 꽃이라고 부르기 시작한 것이다.

이선화는 자신은 물론이고, 자신이 속한 백화 클랜 전체를 비하하는 그 말을 무척이나 싫어했다.

사실 처음부터 백화 클랜과 나이트 클랜의 사이가 적대적이었던 건 아니었다.

5급 헌터가 세 명 있는 곳은 대한민국 제일의 클랜인 엠페러와 백화 클랜, 이 둘뿐이다. 같은 3대 클랜인 나이트 클랜은 클랜장과 부클랜장 두 명만 5급 헌터였다.

그 때문에 나이트를 비롯한 다른 대형 클랜에서 여성들로만 이루어진 백화 클랜을 질투하며 시비를 거는 일이 종종 있었다.

백화 클랜에서 중(重)형 몬스터인 사이클롭스를 몇 차례 레이드한 이후, 대놓고 백화 클랜에 시비를 걸거나 비하하는 사람들은 거의 사라졌지만, 나이트 클랜에서는 여전히 누군들 못하겠냐는 말로 비웃으며 줄곧 시비를 걸어왔다.

그 작은 불화들이 쌓이고 쌓여, 결국 뉴 어스에서 백화 클랜은 나이트 클랜과 크게 싸움을 벌였다.

백화 클랜도 피해를 입었지만, 백화 클랜은 실력만이 아니라 만만치 않은 배경까지 존재했다. 신세기 그룹의 무남독녀인 백장미와 UK 그룹의 로열패밀리 일원인 이선화가 있으니, 피해는 순식간에 복구가 되었다.

하지만 백화 클랜과 충돌한 나이트 클랜은 그렇지 못했다.

물론 나이트 클랜도 대한민국 3대 클랜의 이름에 맞게 연결된 기업이 있었지만, 그 기업들은 신세기 그룹과 UK 그룹의 눈치를 보느라 나이트 클랜의 복구에 적극적으로 나서지 못했다.

그 때문에 나이트 클랜은 피해를 복구하는데 상당한 기간을 보내야 했다.

이후 사람들은 공공연히 같은 3대 클랜이라고 부르면서도, 엠페러와 백화 클랜을 비슷하게 놓는 반면, 나이트 클랜은 백화 클랜보다 한 수 낮다고 보고 있었다.

단순히 시비에 그치던 나이트 클랜이 대놓고 적대적인 감정을 드러내게 된 것이 이때부터였다. 두 클랜 간의 사이는 급격하게 안 좋아졌다. 나이트 클랜에서는 대놓고 시비를 걸기보다, 보이지 않는 데서 은근히 신경을 긁어오기 시작했다.

이선화가 돌아보지도 않고서 코웃음을 치며 말했다.

"뭐야, 전에 나한테 엉기다 피똥 싸고서 살려달라고 울며불며 매달리던 망나니 클랜의 개망나니 아냐?"

견인수가 공대장으로 있는 나이트 클랜은 기사라는 이름과 다르게 무척이나 소문이 좋지 못했다.

대형 클랜이란 것을 무기로 중소 클랜들을 협박한다는 소문도 있고, 또 소규모 헌팅 파티나 팀에서 던전을 발견한 것을 가로챘다는 말도 있다.

전부는 아니지만 몇몇은 사실로 드러나기도 하여 이미지가 좋지 않았다.

이선화는 이런 나이트 클랜의 만행을 빗대어 나이트가 아닌 망나니라 부르고는 했다.

백화 클랜의 헌터들은 다 매력 없는 여자라며 헛소문을 퍼뜨리는 것도 나이트 클랜이란 것을 이선화는 잘 알고 있었다.

"뭐? 나이 먹고 결혼도 못하는 것이……."

"내가 결혼을 하든 말든 무슨 상관이야. 발정난 개새끼처럼 이 여자 저 여자 집적거리고 다니는 너보단 낫지."

"아유, 저 싸가지… 하긴 클랜장이 무식한데 클랜이라고
모인 것들도 비슷비슷한 년들이겠지. 그러니 입이 시궁창이
지."

견인수는 자신이 먼저 백화 클랜을 비하했다는 것은 안중
에도 없는 듯했다.

말소리가 커지면서 주변을 지나던 사람들의 시선이 로비
한복판에서 언쟁을 벌이는 두 사람에게 모이기 시작했다.

"언니, 주변을 좀 봐요."

막 다시 한 번 쏘아주려던 이선화를 이화선이 붙들고 작
게 속삭였다. 워낙 사람이 많은 곳에서 벌어진 일이라 인파
가 모이는 것은 순식간이었다.

이선화가 혀를 찼다.

"하여튼 망나니 클랜의 개망나니 때문에 이게 뭐람. 얘들
아, 개똥 냄새난다. 얼른 가자!"

이선화는 백화 클랜의 간부들에게 말을 하는 듯 말을 했
지만 '망나니'란 단어와 '개망나니'란 단어에 악센트를 주
며 말을 하였다.

구경을 하던 사람들은 일제히 웃음을 터뜨렸다.

하하하하!

하하하!

일부러 백화 클랜과 이선화에게 창피를 주기 위해 시작했던 일이 도리어 자신에게 돌아오자, 견인수는 얼굴이 붉어졌다.

"이, 이······."

견인수는 화를 참지 못하고 고함을 치려 했지만, 너무도 많은 사람들이 자신을 지켜보고 있었다. 더 이상 이선화를 상대하다가는 더 창피를 당할 판이었다.

"가자!"

화가 난 그는 뒤쪽에 있는 자신의 클랜원에게 빽 소리치며 자리를 급하게 빠져나갔다.

이선화는 곁을 지나가는 견인수에게 들으라는 듯이 중얼거렸다.

"등신, 쫓겨갈 거면 처음부터 그러질 말던가."

"언니, 적당히 해요. 이러다 또 전처럼 큰 싸움날 수 있어요."

꼬리를 말고 도망치는 견인수를 끝까지 도발하는 이선화의 모습에 이화선을 작게 핀잔을 주었다. 하지만 그녀 또한 견인수가 시뻘게진 얼굴로 자리를 피하는 모습이 고소하긴 마찬가지였다.

"그런 일이 있었어?"

백장미는 이선화를 돌아보며 물었다. 그런 장미의 물음에 이선화는 아무런 말도 하지 않았다.

"잘했어, 다음번에도 누가 우리 클랜을 비하하려고 한다면 이번처럼 말로 끝내지 말고 그냥 박살을 내버려!"

견인수의 얘기를 들으며 줄곧 인상을 쓰고 있던 백장미는 그 자리에 있던 이선화보다 더 화난 표정이었다. 다음에는 아예 묵사발을 내놓으라고 재차 말했다.

그러고는 다른 간부들을 둘러보며 당부했다.

"우린 한 가족이야. 누가 우리 중 하나 건드리면 그건 우리 전체를 건드리는 거나 같은 거야. 다들 알겠지?"

"네."

"알겠습니다."

백장미의 단호한 말에 간부들이 얼른 고개를 끄덕여 보였다.

"그런데, 있잖아……."

조금 전까지만 해도 큰소리를 치며 카리스마 넘치는 보스

의 모습을 보여주던 백장미가 기어들어 가는 목소리로 이선
화를 보며 눈치를 보았다.

"너, 뭐 사고 쳤어?"

자신의 눈치를 살피는 백장미의 모습에 이선화가 문득 인
상을 쓰며 돌아보았다.

"아니야, 그런 건 아니야."

백장미는 두 손을 흔들며 적극적으로 부인했다.

"그럼?"

"아니, 그게… 무척 뛰어난 인재가 있어서, 우리 클랜으
로 영입을 하려고 하는데……."

"영입을 하려는데?"

영 자신 있게 자신의 생각을 말하지 못하고 계속해서 자
신의 눈치를 보는 백장미의 모습이 답답한지, 이선화는 계
속 끝말을 따라하며 백장미를 빤히 쳐다보았다.

백장미의 말소리는 더욱 작아졌다.

"그게, 그러니까……."

"어휴, 이 답답아, 넌 우리 백화 클랜의 장이야! 그렇게
우물쭈물해서 어쩔래? 뭔데, 무슨 일인데!"

이선화가 버럭 소리쳤다.

"…그러니까 네 말은, 지금 남자를 우리 클랜에 들이자고?"

"응."

"그걸 지금 말이라고 하는 거야?"

이선화가 어처구니없다는 얼굴로 쳐다보자, 움찔한 백장미가 고개를 돌리고는 말했다.

"뭐, 일부러 여성 헌터만 영입하게 된 건 아니었잖아? 클랜에 남자 직원이 없는 것도 아니고."

"그건 헌터가 아니라 서포터잖아!"

"…서포터나, 헌터나. 어차피 같은 백화 클랜이잖아. 안 그래?"

이선화가 꺼려하는 모습을 보이자, 백장미는 주변에 있는 간부들을 보며 물었다.

"장미 언니가 영입을 한다고 하면 뭔가 이유가 있겠죠. 저는 상관없어요."

"뭐, 꺼려지긴 하지만… 클랜장이 영입을 한다고 하면 받아들이겠습니다."

"음……."

이화선을 필두로, 간부들은 백장미의 선택이라면 받아들인다는 대답이었다.

"정말 상관없어, 화선아?"

"뭐, 한 명인데 어때요."

"어, 근데 그게… 한 명이 아니야."

그 말에 가볍게 대답하던 이화선은 물론, 간부들과 이선화까지 일제히 표정이 딱딱하게 굳었다.

"뭐? 그럼 몇 명인데?"

"그게… 그 사람이 소속이 있다고 해서, 그래서 갈 수 없다고 하길래… 그럼 소속 팀까지 모두 영입하겠다고 했어."

"야!"

백장미의 말이 끝나기 무섭게 부클랜장이자 절친인 이선화가 큰소리로 외쳤다.

그 때문에 카페에 있던 손님들의 시선이 모두 그들에게 쏠렸지만, 이선화는 그런 것은 신경도 쓰지 않고 백장미를 노려보았다.

"너 생각이 있는 거야? 어떻게 그런 일을 너 혼자 결정하는 거야! 아무리 네가 클랜장이지만 나는, 다른 애들은 뭐야!"

이선화는 불같이 화를 냈다. 다른 간부들의 표정도 조금 전과 다르게 딱딱하게 굳어져 있었다.

"아니, 아니, 내 이야기 좀 들어봐. 내가 급하게 말하느

라 순서가 좀 뒤죽박죽이 되었는데, 들으면 너희도 이해를
할 거야."

"뭔데?"

이선화가 이참에 백장미의 즉흥적으로 행동하는 버릇을
고쳐놔야 나중에 사고를 치지 않을 것이란 생각에 단단히
벼르며 물었다.

백장미가 자세를 낮추더니 조용히 속삭였다.

"그 사람이 바로 이번 경매의 물건들을 제작한 사람이
야."

"뭐?"

이선화와 간부들은 눈이 동그래졌다.

"아까 왜, 이기동 아저씨 봤지?"

"응."

"그 아저씨가 얼마나 자신의 일에 자부심을 가지고 있는
지 알지?"

"그래, 알지. 그런데 이기동 아저씨가 왜?"

이선화는 이야기를 하다 말고 뜬금없이 협회 이사인 이기
동을 언급하자 의아한 표정을 지으며 되물었다.

"그런데 그 아저씨가 그 사람을 대하는 게 심상치 않더라
고."

"그 사람이 이번 경매 물품인 아티팩트를 제공했다면 뭐, 그럴 수도 있는 것 아니야?"

"너 지금 내 말을 잘못 이해한 것 같은데… 내 말은, 그 사람이 제작을 했다고. 아티팩트를 제공한 게 아니라, 제작 했다고!"

"헉!"

이선화는 너무 놀라 더 이상 백장미에게 뭐라 하지 못하고, 눈도 깜박이지 못한 채 그녀를 쳐다보았다. 간부들도 마찬가지였다.

"그런데 그 사람이, 자기가 소속이 있다고 우리 클랜에 들어오지 않겠다잖아."

"뭐? 어디에 소속되어 있는데 거절을 해?"

다른 곳도 아니고 대한민국에서 3대 클랜으로 불리는 백화 클랜의 영입 제안을 거절했다는 말에, 이선화는 놀라는 한편 또 다른 의미에서 화가 났다.

"클랜이 아니고, 여섯 명으로 이루어진 팀이래."

백장미는 차분히 정진이 소속된 팀 아케인에 대해 설명을 하기 시작했다. 이선화와 다른 간부들도 그녀의 설명에 귀를 기울였다.

"그 사람이 속한 팀의 이름은 아케인이라고 하는데, 너희이 이름 좀 낯익지 않아?"

"어? 팀 아케인이라면……."

"두 달 전에 다크 헌터 열 몇 명 날려 버리고, 아머드 기어 네 기 얻었다는 그 팀 아니야?"

"맞아요, 아머드 기어도 없이 싸웠는데 이겼다고."

"그때 그 팀이 그 사람이 만들어준 아티팩트로 무장을 했대."

"네, 아티팩트로 아머드 기어의 관절을 부러뜨려서 기동을 못하게 했다고 들었어요."

이화선은 자신이 들었던 이야기가 생각나 말을 하였다.

"그래. 경매에 나온 아티팩트는 대량생산을 위해 만들어진 것일 뿐이고, 내 생각엔 그 팀 아케인이란 곳의 헌터들이 가진 것은 따로 주문 제작한 것인 듯해."

"오… 주문 제작이요?"

"응. 이번에 경매에 나온 무기는 한 가지 기능이 붙어 있고, 장신구들은 여러 개가 붙어 있잖아? 여러 기능을 가진 무기도 만들 수 있을지 몰라."

놀랍다는 듯 이야기를 듣는 간부들을 보고, 백장미가 신이 나서 정진을 만난 일에 대해 말했다.

그때, 듣고 있던 이선화가 문득 이상하다는 듯 말했다.

"그런데 네 이야기를 들으면 그 사람은 우리 클랜에 들어올 생각이 없는 것 같은데?"

"어?"

백장미는 이선화의 말을 듣고서야 자신이 무엇을 놓치고 있었는지 깨닫게 되었다.

이기동의 사무실에서 이야기를 할 때, 정진은 자신의 제안을 계속해서 이런저런 이유를 대며 거절을 했다.

그런 정진을 자신이 계속해서 설득을 하려고 하자, 보다 못한 이기동이 중재를 하는 척 하면서 자신을 돌려보낸 것이었다.

뒤늦게 그녀는 자신이 이기동에게 속은 것을 깨달았다. 또한 자신이 이기동과 정진에게 실수를 했음을 알게 되었다.

"그래도 아까운데……."

백장미가 실망스러운 표정으로 미련을 놓지 못하고 중얼거렸다. 늦게나마 그녀도 정진이 백화 클랜에 들어올 생각이 없다는 것을 이해했지만, 그래도 아까웠다.

세계 유일의 아티팩트 제작자가 들어온다면 클랜에서 4급 헌터가 나오는 것보다 더 클랜의 위상을 드높일 수 있을 것이다.

더욱이 그 아티팩트는 아머드 기어를 상대로 충분히 싸울수 있을 만큼 뛰어난 것이라는 것도 백장미에게 많은 것을 생각하게 하였다.

현재 백화 클랜은 다른 대형 클랜에 비해 규모 면에서 무척이나 열세에 있었다.

3대 클랜이라 불리는 것은 핵심 간부인 자신과 부클랜장인 이선화, 그리고 제1공대장인 이화선이 각각 5급 헌터이며, 다른 소속 헌터들도 모두 아머드 기어 라이더이기 때문이다. 전투력 측면에서 3대 클랜이라고 불러주는 것이지, 헌터의 숫자로 따지면 중소 규모의 클랜과 비슷했다.

백장미는 백화 클랜을 이름에 걸맞는 규모로 키우고 싶었다. 그것 또한 팀 아케인 전체를 영입하려고 하던 이유이기도 했다.

백장미가 아깝다는 생각에 뭔가 아련한 눈빛으로 창밖을 보고 있을 때, 이선화가 은근하게 물었다.

"그렇게 그 사람을 클랜에 영입하고 싶니?"

"응? 그러면 좋겠는데, 네 말을 듣고 생각을 해보니 그 사람은 내 제안을 거절한 것 같아."

대답을 하면서도 이기동의 사무실에서 본 정진의 모습이 눈에 선해, 백장미는 진한 아쉬움을 느꼈다. 자신보다 나이도 어린 정진이 자꾸만 머릿속에서 떠나지 않는 것이 무척이나 혼란스럽기도 했다.

자신도 모르게 얼굴이 붉어지는 백장미였다.

그런 모습을 친구인 이선화는 하나도 빼놓지 않고 지켜보았다.

'얘가 도대체 뭘 보고 왔기에 눈이 이렇게 맛이 간 거야?'

이선화는 지금 백장미의 행동을 도저히 이해할 수가 없었다.

조금 전까지만 해도 카리스마 있는 보스의 모습이었고, 또 인재를 영입하려는 훌륭한 리더의 모습도 보였다.

그런데 지금은 마치 사랑에 빠진 소녀의 모습을 하고 있으니, 정말 지금 자신의 앞에 앉아 있는 사람이 자신이 알던 백화 클랜의 얼음 공주 백장미가 맞는지 의아할 정도였다.

✝   ✝   ✝

헌터 협회를 나온 정진은 곧바로 게이트를 넘어 뉴 어스로 갔다.

오늘 집에서 나올 때, 아버지와 동생들에게 뉴 어스로 갈 것이라 말을 하고 나왔기에 집에는 따로 들르지 않았다.

이젠 몬스터 사냥을 하기 위해 뉴 어스에 가는 것이 아니란 것을 동생들도 잘 알기에, 그전처럼 정진이 뉴 어스에 가는 것을 걱정하지 않았다.

게이트를 통과한 정진은 가장 먼저 대장간으로 향했다.

정진이 대장간을 들른 이유는 다름이 아니라 백장미의 주문 제작 의뢰 때문이었다.

커스텀 제작은 할 일이 많은 정진이 하나부터 열까지 모두 손수 하려면 시간이 많이 걸린다.

그래서 제작 단계를 줄이기 위해, 일부러 대장간을 들러 미리 완성된 그레이트 소드와 바스타드 소드를 구입하려고 하는 것이다.

"안녕하십니까."

제일 대장간 안으로 들어간 정진은 큰 소리로 인사를 하며 안으로 들어갔다.

"아, 어서 오십시오."

대장간 안으로 들어오는 정진의 모습을 본 유인성 사장은 하던 작업을 다른 사람에게 인계하고 얼른 정진의 앞으로 뛰어왔다.

헌터 프론티어

"주문 날짜까지는 아직 시일이 남았는데 어쩐 일이십니까?"

원래 바스타드 소드를 제작 납품하기로 계약한 기일은 아직 보름 이상 남아 있었다. 그런데 정진이 대장간을 방문하자 의문이 들었다.

오늘 경매가 있다고 했는데, 혹시 예상보다 결과가 좋지 못해 그것 때문에 납품 단가를 낮추거나 취소를 하려는 것은 아닌지 걱정이 되었다.

정진은 난처한 표정으로 자신을 보는 유인성 사장의 모습에 예전 자신을 보던 아버지의 모습이 겹쳐 보였다.

가족을 부양하지 못해 한없이 미안한 마음, 또 가족이 와해될지 모르는 불안감이 뒤섞인 그 표정은 지금도 잊을 수가 없었다.

이 경우 대장간 직원들에 대한 마음이겠지만, 유인성 사장의 얼굴을 보며 그가 어떤 생각을 하는지 정진은 금방 알 수 있었다.

"제가 급히 바스타드 소드가 몇 자루 필요해서 바로 가져갔으면 해서요."

"네?"

"물론 이것에 관한 주문은 따로 하겠습니다."

그러자 유인성 사장은 대번에 얼굴이 밝아졌다.

"아, 예. 필요하다면 가져가십시오. 이제는 한 가지 물건만 만들다 보니 장인들도 손에 익어서 불량률이 낮아졌습니다. 그래서 납품 기일에 여유가 생겼습니다."

안심한 유인성 사장은 추가 주문이라는 말에 기뻐하며 아예 먼저 나서서 바스타드 소드를 챙겨주었다.

한 상자에 열 자루의 바스타드 소드가 들어 있었다.

정진은 상자 하나를 모두 챙겼다. 굳이 필요한 몇 자루만 가져갈 것이 아니라, 미리 챙겨서 가져다 두면 나중에 주문이 들어와도 번거롭지 않을 것이란 생각이었다.

형제 대장간에서도 마찬가지였다.

다만 형제 대장간에서는 상자 한 개가 아닌 다섯 개를 챙겼다. 그레이트 소드는 상자 하나에 두 자루씩만 담겨 있었다. 정진이 형제 대장간에 주문한 그레이트 소드의 무게는 아머드 기어가 사용하는 대검의 절반에 달할 정도로 무겁기 때문이다.

대장간에서 구입한 이 그레이트 소드와 바스타드 소드 각 열 자루씩은 마법진이 세공되지 않은 제품이었다.

커스텀 제작을 위해서는 그것들을 가져가 분해해서 다시 주문에 맞게 마법진을 새겨야 했다.

자칫 마법진끼리 충돌을 하여 마법이 실패할 수도 있기에, 이미 새겨진 마법진 위에 새로운 것을 새기는 것은 피해야 한다는 것을 정진은 이미 알고 있었다.

✝   ✝   ✝

백장미에게 주문받은 것은 그레이트 소드 한 자루와 바스타드 소드 한 자루, 그리고 한국의 전통 도검 한 자루, 이렇게 총 세 자루의 검이었다.

정진은 한국의 전통 도검에 대해서는 잘 알지 못했다. 오늘은 일단 자신이 알고 있는 그레이트 소드와 바스타드 소드부터 만들고, 한국 전통 도검은 자료를 조사한 뒤 천천히 만들 생각이었다.

대장간을 들러 그레이트 소드와 바스타드 소드를 구입해 온 정진은 그것들 중 한 자루씩을 꺼내, 타라칸의 둥지 한쪽에 마련해 놓은 자신의 작업대에 올렸다.

그러고는 그레이트 소드를 시작으로 바스타드 소드까지 각 부품을 분해하기 시작했다. 분해한 부품은 분류해서 섞이지 않도록 놓았다.

"흠, 명색이 커스텀 제작인데 단순하게 경매에 파는 물건과 똑같게 만들 수는 없겠지."

분해한 부품들을 내려다보던 정진은 그렇게 중얼거리며, 작업장 한쪽에 놓여 있는 몬스터의 뼈 하나를 가져왔다.

그것은 오거의 대퇴부 뼈로, 일부 헌터들 중에는 오거의 대퇴부 뼈를 살짝 가공해서 클럽 대용으로 사용하는 사람도 있을 만큼 무척이나 단단한 물건이다.

하지만 정진이 뼈를 가져온 이유는 클럽으로 만드려는 것은 아니었다. 분해한 바스타드 소드의 블레이드에 오거의 뼈를 합금하려는 것이다.

몬스터의 뼈는 특이하게도 쇠와 합금이 가능했다. 정진은 몬스터 중에서도 단단하기로 이름난 오거의 뼈와 바스타드 소드의 블레이드를 합금하여 보다 단단하고 견고하게 만들기로 한 것이다.

오거의 뼈와 합금하게 되면 블레이드의 색 또한 달라질 테니 특별하다는 것을 한눈에 알 수 있을 것이다. 커스텀 제작품만의 특징으로 삼는 것도 가능하겠다는 생각이 들었다.

정진은 가져온 오거의 뼈와 바스타드 소드의 블레이드를 마력을 이용해 공중에 띄우고 합성을 시작했다.

마나를 집중하자, 블레이드가 붉게 달아오르기 시작했다.

블레이드가 한계까지 달아올랐을 때, 정진은 오거의 **뼈**를 움직여 블레이드로 가져갔다.

그러자 오거의 **뼈**는 마치 액체에 잠기듯 블레이드 속으로 사라져 갔다.

오거의 **뼈**와 합성된 블레이드의 색깔은 처음의 은회색이 아닌, 마치 우유를 부어 놓은 것과 같은 뽀얀 하얀색을 띠었다.

언뜻 플라스틱 장난감으로 보일 수도 있지만, 자세히 보면 금속이 아닌 다른 무언가의 질감이 느껴졌다. 동시에 뭔가 알 수 없는 불길한 기운이 블레이드를 타고 흐르는 듯한 느낌도 들었다.

정진은 블레이드의 합성이 끝나자 바로 마법진을 그리기 시작했다.

사실 마법사의 불을 만들어 금속을 합성하고, 바로 이어서 마법진을 그리는 일은 여간 힘든 일이 아니었다.

정진이 경매에 부친 아티팩트들을 직접 제작하지 않고 각 대장간에 의뢰를 한 것도, 사실 정신력이 감당할 수 없기 때문이다.

다행히 정진은 그동안 상급 마정석을 이용한 마나 집접진에서 수련을 한 끝에 마침내 6클래스로 올라선 상태였다.

하지만 6클래스로 올라서면서 많이 완화되긴 했어도 정부와 계약한 분량을 감당하기는 힘들었기에 판매를 하는 아티팩트는 앞으로도 계속 홀로 제작하기보다는 대장간에 주문을 할 생각이었다.

백장미처럼 따로 커스텀 주문이 있을 때만 이렇게 직접 제작하고, 남는 시간에는 다른 것들을 연구하거나 7클래스가 되기 위한 수련에 열중하기로 계획하고 있었다.

Chapter 5
지웅의 부상

끼릭! 철컥!

틱! 탁! 탁! 우웅!

작업실 안에서는 무언가 조립이 되는 소리만 들리고, 일체 다른 소음은 들리지 않았다.

척!

정진의 손안에 있는 바스타드 소드는 이제 점차 그 모양을 갖추어가고 있었다.

손잡이 안쪽으로 블레이드의 슴베를 집어넣고, 고정못을 이용해 단단하게 고정했다.

자칫 느슨하게 조립했다가는 전투 중에 손잡이와 날이 분리가 되는 대형 사고가 벌어질 수 있다. 정진은 한 번 더 손잡이 부분을 확인했다.

그러고는 손잡이가 벌어지지 않게 고정시키는 폼멜을 가져다 끼웠다.

이때 정진은 무척이나 신중하게 폼멜을 손잡이에 붙였다.

이 폼멜에 아티팩트의 핵심 재료인 마정석이 장착될 것이기 때문이다.

정진이 마정석이 자리잡을 장소로 폼멜을 선택한 것은 물론 디자인적으로 멋있기도 했지만, 마정석의 에너지가 다 떨어졌을 때 더 손쉽게 교체를 할 수 있게 하기 위해서였다.

원래 정진이 배운 대로라면 아케인의 마법 아티팩트는 굳이 이렇게 따로 마정석의 자리를 고안할 필요가 없다.

마법 무기를 쓰는 기사나 가드들 또한 마법사처럼 몸에 마나를 축적하고 있기에, 본인의 마나를 사용하면 되었으므로 굳이 새겨진 마법진을 가동하기 위한 마정석이 필요하지 않았다.

하나 그들과 달리 현대의 헌터들은 마나 대신 몬스터의 마정석에서 추출한 에너지를 주입하고 있으며, 이를 활용할 줄 모른다. 따라서 마법진을 활성화하기 위한 마정석의 자리가 필요했다.

마정석을 쉽게 교환할 수 있으면서 무기의 기능을 저해하지 않는 폼멜이 가장 적절한 자리였다.

처음부터 폼멜에 마정석을 부착한 것은 아니었다.

그가 팀 아케인 멤버들에게 만들어준 것은 마정석을 완전히 아티팩트와 합성한 형태였다. 하지만 그렇게 하면 마법 무기는 1회용 무기가 될 수밖에 없다.

정진도 뒤늦게 그런 것을 생각하고 후회를 했다. 조금만 더 고민을 하고 만들었다면 그런 실수를 하지 않았을 것이다. 그러나 이미 합성이 된 마정석을 추출할 수는 없으니 떠나버린 버스였다.

거기에 팀 아케인 멤버들은 각자 아티팩트를 사용해 보고 불편한 점들을 알려주었다. 정진은 그들의 이야기를 듣고 뒤늦게 설계를 변경하여 마정석을 폼멜에 넣도록 설계한 것이다.

정진은 조립이 끝난 바스타드 소드를 들고 조용히 시동어를 외쳤다.

"활성화."

웅!

그러자 바스타드 소드의 검신이 밝은 빛과 함께 짧게 진동하였다.

정진은 완성된 바스타드 소드를 들고 살짝 휘둘러보았다.

삭! 삭!

바스타드 소드는 바람을 가르며 너무도 가볍게 휘둘려졌다.

"중심도 잘 잡혔고… 좋군!"

자신이 만든 것이지만, 이번에 만들어진 바스타드 소드는 정말로 잘 만들어진 명품인 듯했다. 소드의 중심이나 마법진의 구성 등 전체적인 균형감이 무척이나 뛰어났던 것이다.

백장미는 자신의 무기인 그레이트 소드를 주문하면서, 함께 친구이자 부클랜장인 이선화의 바스타드 소드를 주문했다.

그녀의 주문은 경매에 나온 그레이트 소드와 바스타드 소드에 들어 있는 마법인 스트랭스와 샤프니스 외에 두 가지를 더 넣어달라는 것이었다. 그것은 바로 무게 조절과 속성 부여였다.

속성이야 예상 가능한 것이었지만 무게 조절을 할 수 있게 만들어달라는 주문은 상당히 의외였다.

무게 조절 마법은 아케인 제국 시절에도 종종 마법 무기에 쓰였다고 하는데, 그것은 보통 연습용 무기였다고 했다.

바스타드 소드를 완성한 정진은 그것을 방 한쪽에 있는 빈 책상에 가져다 놓았다. 그러고는 이어서 작업대 위에 놓여 있던 그레이트 소드의 부속을 조립하기 시작했다.

그레이트 소드의 조합은 바스타드 소드보다도 쉬웠다. 큼직큼직한 부속들로 구성이 되어 있다 보니 조립도 금방이었다.

착, 딸깍.

그런데 정진이 조립하기 위해 마정석을 가져간 부위는 그레이트 소드의 폼멜 부분이 아니었다. 그려진 마법진과 마정석이 너무 멀리 떨어지면 마나 효율이 떨어지기 때문이었다.

바스타드 소드야 폼멜에 달아도 상관이 없지만, 그레이트 소드는 그렇지 않다. 블레이드의 길이만 해도 2m에 이르는 거대한 크기이므로, 어쩔 수 없이 손잡이와 블레이드의 중간에 있는 가드 부분에 설치해야 했다.

그런데 막상 마정석을 가드에 끼우고 보니, 투박한 그레이트 소드가 의외로 꽤나 고급스러운 느낌이 들고 보기 좋았다.

정진은 그레이트 소드를 들고 이리저리 살피며 다시 한

번 확인했다.

"괜찮네. 활성화."

우웅!

마법진을 활성화한 뒤 다시 완성된 그레이트 소드를 살펴보던 정진은 이내 검을 든 채로 밖에 나갔다.

타라칸의 둥지 일부를 개조하여 자신의 연구실로 만들기는 했지만, 완성된 그레이트 소드를 시험해 보기에는 장소가 마땅치 않았기 때문이다.

밖으로 나온 정진은 넓은 공터를 찾아 자리를 잡고 그레이트 소드를 들었다.

정진은 6클래스가 되면서 유입된 마나의 영향으로 마나 서클은 물론이고 신체 또한 그 영향을 받아 일반 헌터보다도 힘과 체력이 월등해졌다. 30kg이나 되는 무거운 그레이트 소드를 너무도 쉽게 들어 올린 그는 곧 자세를 잡았다.

"후우… 합!"

획! 획!

긴 한숨을 쉬며 숨을 고르던 정진이 짧은 기합과 함께 그레이트 소드를 빠르게 내려치고, 다시 몸을 회전하며 횡으로 베었다.

팟!

그레이트 소드가 허공을 가르자 공기의 파열음이 살짝 들렸다.

멈추어 선 정진이 고개를 작게 끄덕였다. 그레이트 소드는 무리 없이 원하는 대로 움직였다.

이번에는 그레이트 소드의 또 다른 기능을 시전해 보았다.

"그래비티(Gravity)!"

정진은 무게 조절을 할 수 있게 해달라는 백장미의 주문대로 중력 마법인 그래비티를 사용했다.

다만 그가 아직 6클래스이고, 또 마법진에 사용되는 마정석이 하급인 관계로 무게 조절은 한 번밖에 할 수 없었다.

무게 조절을 하게 되면 두 배의 중력을 받게 되어 그레이트 소드의 무게는 60kg이나 나가게 된다.

"욱!"

아무리 마나 덕분에 신체가 강화된 정진이지만 60kg나 되는 그레이트 소드를 조금 전처럼 자연스럽게 휘두르는 것은 쉽지 않았다.

하지만 그것도 잠시, 정진은 두 손에 단단히 힘을 주고 조금 전과 달리 검을 천천히 들어 올렸다.

정진은 머리 위까지 그레이트 소드를 들어 올린 뒤 그것을 내려치고, 내려오기 무섭게 몸을 회전하며 그레이트 소드의 방향을 전환했다.

내려오던 힘을 이용해 다시 머리 위로 들어 올리고, 다시 내려치길 몇 번. 정진은 그 동작이 끊이지 않도록 연속해서 회전하다 이번에는 수평으로 휘두르기 시작했다.

비록 조금 전 무게 조절을 하기 전에 휘두르던 것보단 느렸지만, 조금씩 무게에 익숙해지자 그 속도는 점점 빨라졌다.

"하압!"

그렇게 빠르게 그레이트 소드를 휘두르던 정진이 갑자기 강한 기합과 함께 전방에 있는 나무에 그레이트 소드를 휘둘렀다.

쾅!

쩌저적! 쿵!

2m의 그레이트 소드는 빠른 속도와 함께 60㎏으로 늘어난 무게를 부딪힌 나무에 전달했다. 그레이트 소드와 부딪힌 나무는 그 힘을 이기지 못하고 쓰러져 버렸다.

만약 지금 들고 있는 그레이트 소드에 샤프니스 마법이 걸려 있었다면 나무가 절단되었겠지만, 그레이트 소드는 블레이드의 날카로움으로 승부를 보는 무기가 아니다. 중세 시대, 말과 기수를 동시에 베어버리기 위해 개발된, 그 무게를 이용해 대상의 뼈까지 부숴버리는 무기인 것이다.

지금 정진이 휘두른 그레이트 소드는 30㎝가 넘는 굵기를 가진 나무의 2/3까지 파고들었고, 나무는 그 힘을 이기지 못하고 부러져 버렸다.

30㎝가 넘는 굵기를 가진 생나무를 이렇게 한 방에 부러뜨린다는 것은, 이 그레이트 소드의 공격을 막아낼 수 있는 몬스터는 많지 않을 것임을 뜻했다.

"좋아."

그 결과를 앞에 둔 정진은 입가에 만족스러운 미소를 지었다.

† † †

그레이트 소드의 시험을 마치고 타라칸의 둥지로 돌아온 정진은 그것을 바스타드 소드 옆에 적당히 세워 두었다. 크기가 크기이다 보니 바스타드 소드처럼 보관할 수가 없었다.

"그레이트 소드는 필요 없겠지만, 바스타드 소드는 칼집이 필요하겠는데."

그레이트 소드를 한쪽에 세워두던 정진은 책상 위에 덜렁 놓인 바스타드 소드를 돌아보며 중얼거렸다.

의뢰를 받아 무기를 제작하는 것만 생각했지, 검집에 대한 생각은 미처 하지 못한 것이다.

"뭐, 지웅 형님 것을 보고 대충 만들면 되겠지."

무기에 마법을 인챈트하는 것은 할 수 있어도 검집에 대해서는 전혀 알지 못하는 정진은 대충이나마 비슷하게 만들기로 했다.

사실 팀 아케인 멤버들에게 만들어준 무기들도 대장간에 흔히 팔리고 있는 것들을 사다가 분해한 뒤, 몬스터의 뼈와 마정석을 이용해 합성을 하여 만들었다.

합성을 할 수 있으니, 자세히 알지 못한다고 해도 비슷하게는 만들 수 있었다.

"일단 이게 좀 남아 있는데, 쓸 수 있으려나."

몬스터의 부속을 분류해 둔 창고에서 바스타드 소드의 칼집으로 쓸 가죽을 돌아보다 트롤의 가죽을 집어 들었다.

웅성웅성.

트롤 가죽을 가지고 나오던 정진은 밖에서 웅성거리는 소리에 의아했다.

"벌써 돌아왔나?"

아직 팀원들이 사냥에서 돌아오려면 시간이 남아 있는데, 사람들의 소리가 들리고 있었다.

정진은 고개를 갸웃거리다 이내 창고에서 걸어 나왔다.

"일찍 오셨… 무슨 일이에요?"

정진은 이정진에게 인사를 하다 말고, 이정진의 뒤로 들것에 실려 들어오는 김지웅의 모습에 놀라 물었다.

들것에 누워 있는 김지웅의 모습은 완전히 엉망이었다. 입가에는 아직도 마르지 않은 핏자국이 남아 있고, 방패를 쥐고 있는 팔이 기이하게 꺾여 있었다.

정진은 서둘러 김지웅의 왼팔에 있는 방패를 조심스럽게 빼냈다.

방패는 이미 그 기능을 상실하고 완전히 우그러져 있었다.

뒤이어 김지웅이 착용한 파워 슈트를 벗긴 정진은 신속하게 조각난 팔의 뼈를 맞추고 치료 마법을 시전했다.

"그레이트 힐(Great Heal)."

3클래스의 치료 마법인 힐로는 가망이 없다고 판단한 정진은 보다 상위의 마법인 그레이트 힐을 시전했다.

그레이트 힐은 5클래스의 마법으로, 어지간한 외상은 모두 치유할 수 있을 정도로 뛰어난 치료 마법이었다.

정진의 손에서 형성된 밝은 빛이 무대 위 조명이 배우에게 쏟아지듯 김지웅의 몸 위로 쏟아졌다.

빛이 김지웅의 몸으로 스며들자, 여기저기 부러졌던 김지웅의 팔과 갈비뼈 등이 제자리를 찾아가기 시작했다.

두둑. 두둑.

"으……."

정신을 반쯤 잃은 상태에서도 김지웅이 고통으로 신음했다.

그레이트 힐을 시전하던 정진이 한쪽에 서서 김지웅의 치료를 지켜보던 이정진을 향해 말했다.

"정진 형님, 전에 만들어 둔 포션 좀 가져다주세요."

포션은 예전 트롤을 잡아서 뽑아 놓은 피를 정제해서 만들어 둔 것이 있었다.

집에 비상약으로 다섯 병을 가져다 두었고, 또 팀 아케인 멤버들에게도 급할 때 쓰라고 두 병씩 나눠 주었다. 그러고도 아직 백 병 정도의 포션이 남아 있고, 아직 정제를 하지 않고 모아둔 트롤의 피도 많았다.

트롤의 피는 포션 제작에만 쓰이는 것은 아니다. 마법을 연구할 때 촉매제로 더욱 많이 쓰이는 것이 바로 트롤의 피였다.

트롤의 피에는 다량의 마나가 들어 있기 때문이다. 마법을 쓸 줄 모르는 트롤의 신체 재생력이 좋은 것은 그 때문이다.

이정진이 급히 포션을 가지고 오자, 정진은 반은 아직 회복 중인 옆구리의 상처에 붓고, 나머지 반은 지웅의 입에 흘려 넣었다.

상처는 빠르게 회복되었지만, 김지웅은 연신 신음성을 흘렸다.

"슬립(Sleep)."

정진은 그가 고통을 느끼지 않도록 마법을 써서 강제로 잠을 재웠다. 김지웅이 잠에 빠지자, 캠프 안에 한순간 정적이 흘렀다.

정진은 고개를 돌려 이정진에게 물었다.

"어쩌다가 지웅 형님이 이렇게 큰 부상을 당한 거예요?"

피를 철철 흘리는 김지웅을 봤을 때, 정진은 심장이 덜컥 내려앉는 기분이었다. 자신이 없었다면 목숨을 건지기 힘들었을 정도로 심각한 부상이었다.

"그게……."

이정진은 심각한 표정으로 김지웅의 얼굴을 내려다보다

천천히 이야기를 꺼냈다.

† † †

날이 밝았다.

오늘로 사냥 일주일째.

비록 핵심 전력인 정진이 빠지기는 했지만, 대몬스터 병기인 아머드 기어가 들어왔다.

이제는 예전처럼 굳이 함정을 파고 몬스터를 유인해 잡을 필요가 없었다.

아머드 기어가 몬스터를 상대하는 동안 몬스터가 도망가지 못하게 견제만 해주면 된다. 그러면서 또 다른 몬스터의 접근을 경계하기만 하면 되는 아주 쉬운 사냥이었다.

물론 예전 정진이 있을 때보단 사냥을 하는 속도가 느렸지만, 그래도 이제야 자신들이 헌터로서 제대로 일을 하는 듯한 느낌도 들었다. 심적으로도 무척이나 편했다.

사실 예전 정진이 있을 때는 정진에게 묻어가는 듯해 무척이나 미안하고, 마음이 편치 않았다.

그에 비해 지금은 사냥 속도는 느리고 조금 위험할 때도 있지만, 그래도 마음은 더 편했다. 그건 다른 멤버들도 같은 마음일 거라고 이정진은 생각했다.

"자, 그럼 오늘도 열심히 몬스터를 잡아보자고."

이정진은 막 캠프 밖으로 나오는 멤버들을 보며 말했다.

원래 이렇게 함부로 큰 소리를 내면 주변에 있는 몬스터의 이목을 끌 수 있다. 때문에 본래 이런 행동은 주의해야하지만, 이곳은 다른 곳도 아니고 이 일대의 지배자인 타라칸의 둥지가 있는 곳이다. 반경 3㎞ 내에 몬스터가 얼씬도하지 않기 때문에 마음껏 큰 소리를 내도 상관없었다.

"당연하죠. 아예 오늘은 트롤만 잡지 말고 오거도 한 번잡아보면 어때요?"

김지웅이 호기롭게 말했다. 오거는 영원의 숲에 분포한몬스터 중 가장 상위에 속하는 몬스터다.

"아직 우리한테 오거는 좀 무리일 것 같은데?"

이정진은 김지웅의 말에 웃으면서도 단호하게 잘라 말했다.

아무리 대몬스터 병기인 아머드 기어가 있다고 하지만, 거꾸로 생각해 보면 현재 팀 아케인에는 단 한 기의 아머드기어가 있을 뿐이다.

물론 아티팩트로 무장을 한 자신들이 아머드 기어를 운용하는 재욱을 보조해 준다면 가능할지도 모른다.

하지만 몬스터 헌팅이란 어떤 변수가 발생할지 모르는 일이다. 반드시 필요한 일도 아닌데 굳이 무리해서 위험을 자초할 필요는 없었다.

"모두 준비됐어? 그럼 출발하자고."

"네, 준비 끝났습니다."

그렇게 팀 아케인은 각자 사냥에 필요한 짐을 짊어지고 캠프를 떠났다.

한편 타라칸은 자신의 둥지 위 바위 언덕 위에 배를 깔고 엎드려 사냥을 떠나는 팀 아케인의 멤버들을 내려다보았다.

그릉!

타라칸은 자신의 주인이 당부한 것을 잊지 않고, 팀 아케인 멤버들의 안전을 위해 그들이 사냥을 떠나면 먼 거리에서 그들의 사냥을 지켜보고 있었다.

오늘도 아침 일찍 사냥을 떠나는 그들의 모습에 작게 하울링을 하고는 천천히 몸을 일으켰다.

†   †   †

그워억!

3m에 이르는 트롤 성체가 괴성을 지르며 자신의 앞에

있는 괴상한 존재에게 위협을 가했다.

하지만 트롤의 앞에 있는 존재는 다름 아닌 대몬스터 병기 아머드 기어였다.

4m에 이르는 커다란 키, 25톤이나 나가는 육중한 중량을 가진 아머드 기어는 트롤 성체의 위협에도 반응을 하지 않았다.

그런 아머드 기어의 모습에 트롤은 들고 있는 나무 몽둥이로 바닥을 두들기며 더욱 위협적으로 아머드 기어를 도발했다.

"Ready?"

아머드 기어 라이더인 류재욱이 외부 마이크에 대고 말을 하였다.

"OK!"

"Perfect!"

팀 아케인 멤버들은 정면에 아머드 기어를 두고 트롤의 양옆을 봉쇄하였다.

혹시라도 트롤이 도망치는 것을 막으면서 견제를 하기 위해 잡은 포지션이었다.

후위를 완전히 점하지 않는 것은, 혹시나 트롤이 전면에 있는 아머드 기어에 부담을 느끼고 뒤로 돌아 도망을 가려고 할 때 가장 위험한 포지션이기 때문이었다. 전면과 양옆, 삼면을 막아 압박하는 것으로도 충분했다.

하지만 정작 트롤은 자신의 절반 정도밖에 미치지 않는 이정진이나 강현성은 쳐다보지도 않았다. 자신보다 큰 덩치를 가진 아머드 기어에 큰 위협을 느끼는 것이다.

트롤은 줄곧 아머드 기어만을 쳐다보며 괴성을 지르다 더이상 통하지 않자, 이내 분노하며 뛰어들었다.

크악!

쿵! 쿵! 휘익!

아머드 기어에 접근한 트롤은 점프를 하더니 들고 있던 몽둥이를 들어 후려쳤다.

깡!

하지만 아머드 기어 라이더인 류재욱은 침착하게 왼팔에 있는 방패를 들어 트롤이 내려치는 몽둥이를 막았다. 그리고 오른손에 들고 있는 워 해머로 트롤의 옆구리를 가격했다.

퍽!

크악!

아머드 기어의 묵직한 워 해머가 적중하자 트롤은 고통스런 비명을 질렀다.

류재욱은 이에 그치지 않고 다시 한 번 트롤의 옆구리를 가격했다.

크아앙!

트롤은 비틀거리며 워 해머에 맞은 왼쪽 옆구리를 움켜쥐며 뒤로 주춤거렸다.

류재욱은 트롤이 한 걸음 뒤로 물러나는 것을 마냥 지켜보지 않았다.

눈부신 속도로 트롤에게 따라붙은 아머드 기어가 오른쪽 어깨를 앞으로 들이밀며 치받았다.

쿵!

왁!

쿵! 쿠당탕!

25톤이나 되는 무게를 이용한 공격이다.

어깨에 받힌 트롤은 뒤로 5m나 날아가, 그 뒤로도 3m는 더 굴렀다. 워 해머에 맞은 것보다 훨씬 큰 충격에 트롤은 바로 일어나질 못했다.

이정진이 빠르게 쓰러진 트롤에 접근했다. 그것을 본 김지웅도 바스타드 소드를 높이 들어 올리며 뛰었다.

무장이 가벼운 김지웅 쪽이 먼저 트롤에 가까워졌다.

"하압!"

커다란 기합과 함께 김지웅은 쓰러진 트롤의 겨드랑이에 바스타드 소드를 깊이 찔렀다.

겨드랑이는 다른 부위에 비해 가죽이 비교적 연한 트롤의 급소다. 김지웅의 바스타드 소드는 트롤의 가죽을 뚫으며 깊이 파고들었다.

크악!

아직도 쓰러져 있던 트롤이 고통에 괴성을 질렀다.

하지만 그것도 잠시, 이정진이 점프와 함께 그레이트 소드를 내려쳤고, 트롤은 마침내 최후를 맞았다.

쿵!

커다란 굉음과 함께 살짝 먼지가 피어올랐다.

"거 봐요. 트롤은 이젠 너무 쉽다니까요."

목 잘린 트롤의 겨드랑이에서 자신의 검을 회수한 김지웅은 이정진의 곁으로 다가오며 작게 투덜거렸다.

그런 김지웅의 말에 이정진도 긍정의 표정을 지었다.

"확실히 아머드 기어가 있으니 트롤을 잡는 것이 편하긴 하다."

"형님, 이건 편한 게 아니라 너무 쉬운 거예요. 솔직히 저나 현성 형님, 진성이는 필요도 없을 것 같아요."

"맞습니다. 이거 그냥 놀고 있는 것 같아서 미안하네요."

김지웅의 말을 들었는지 뒤쪽에서 진성이 다가오면서 말을 받았다.

"봐요, 진성이도 저랑 같다고 하잖아요."

"그래도 굳이 위험한 일을 찾아서 할 필요는 없잖아."

이정진은 계속되는 김지웅의 투덜거림에도 어깨를 으쓱해 보일 뿐이었다.

결코 쉽다고 해서 긴장을 놓을 수는 없는 일이다. 몬스터를 사냥하다 보면 어떤 변수가 발생할지 모르기 때문이다.

그런데 지금 김지웅은 몬스터 사냥을 너무도 쉽게 생각하고 있었다.

하기는 몇 달 동안 사냥할 때마다 정진의 마법과 강력한 몬스터인 타라칸의 도움을 받거나, 대몬스터 병기인 아머드 기어와 함께였으니 그런 생각이 들 만했다.

그러나 이곳 영원의 숲은 지금처럼 한 마리의 트롤만 떨어져 돌아다니는 경우는 많지 않다.

지금까지야 운이 좋아 한두 마리씩 돌아다니는 트롤만 상대했지만, 사실 트롤은 가족 단위로 사냥을 하는 몬스터다.

보통 수컷과 암컷, 그리고 새끼들로 구성된 서너 마리가 함께 다니고, 새끼가 독립하기 전까지는 부모와 함께 사냥을 한다.

팀 아케인은 아직까지 여러 마리가 함께 돌아다니는 트롤 무리를 만나지 않았다.

사실 이들은 모르고 있지만, 무리지어 다니는 트롤과 만나지 않은 것은 전적으로 타라칸 덕분이었다. 타라칸이 마스터인 정진의 부탁으로 팀 아케인의 멤버들에게 위협이 될 만한 몬스터는 쫓아버렸기에 지금껏 만날 일 자체가 없었던 것뿐이다.

방금 잡은 트롤을 해체한 김지웅과 진성은 트롤의 마정석과 뼈, 그리고 병에 담긴 피를 가방에 넣었다. 다른 멤버들 또한 군말 없이 주변과 소지 물품을 정리하고 근처에 몬스터가 없는지 살폈다. 해체 작업을 마치는 것을 기점으로, 팀 아케인은 다시 사냥 모드에 들어갔다.

팀 아케인은 이렇게 각자 자신이 맡은 역할에 맞게 톱니바퀴가 돌아가듯 효율적으로 사냥을 하고 있었다.

한편, 팀 아케인이 또 다른 사냥감을 찾아 나서는 것을 지켜보던 타라칸은 더 이상 자신이 저들을 보호할 필요가 없다고 판단했다.

강철 인형(아머드 기어)도 있고, 또 마스터가 만들어준 강력한 아티팩트가 있으니, 자신이 굳이 보호하지 않아도 방심만 하지 않으면 트롤 무리와도 싸울 수 있다고 생각한 것이다.

타라칸의 판단처럼 팀 아케인의 전투력은 처음 정진과 몬스터 헌팅을 나갔을 때와는 하늘과 땅 차이였다. 전투를 반복하면서 경험이 쌓이고, 손발이 맞기 시작하면서 실력이 오른 것이다.

타라칸은 더 이상 이들의 전투를 지켜보는 것을 그만두기로 하고 떠났다.

그동안 타라칸이 자신들을 보호하고 있었다는 것도 모르는 팀 아케인은 또 다른 사냥감을 찾아 영원의 숲을 돌아다니는데 열중했다.

사박! 사박!

척! 척!

숲을 얼마나 돌아다녔을까. 정찰을 나간 강진성이 다 자란 성체 트롤 두 마리와 아직 성체가 되지 못한 새끼 한 마리로 구성된 트롤 무리를 발견하였다.

트롤 무리를 확인한 강진성은 기척을 죽인 채 트롤의 눈을 피해, 팀 아케인이 머물고 있는 장소로 돌아왔다.

"트롤 무리를 발견했습니다."

"무리?"

강진성의 말에 이정진은 눈을 찡그리며 되물었다.

하지만 트롤 무리라는 강진성의 말에, 김지웅은 눈을 반짝이며 새로운 장난감을 선물 받은 아이마냥 입가에 미소를 지었다.

"이제야 내가 활약할 시간이 돌아왔군."

뭐가 그리 즐거운지 김지웅은 트롤 무리라는 말에도 싱글벙글이었다. 이정진이 까부는 김지웅을 한 번 돌아보았다.

"조용히 해라. 트롤 무리라면 몇 마리나 있나?"

"예, 트롤은 총 세 마리구요. 그중 한 마리는 다른 것들에 비해 작은 것이, 다 자라지 않은 새끼로 보였습니다."

강진성의 보고에 이정진은 곰곰이 생각을 정리했다.

지금까지 많은 트롤을 사냥했지만, 팀 아케인은 홀로 돌아다니는 트롤만을 사냥해 왔다.

그런데 지금은 새끼가 포함되었다고 하지만 세 마리나 되는 트롤이 모여 있었다. 이 무리를 사냥할 것인지, 아니면 피하고 다른 사냥감을 찾아 나설 것인지 결정을 해야만 했다.

그런 이정진의 모습에 김지웅은 답답하다는 듯 자신의 생각을 말했다.

"형님, 겨우 트롤 세 마리, 그것도 한 마리는 새끼인데 무슨 생각을 그리하세요? 재욱이가 성체 한 마리 맡고, 형님하고 현성 형님이 한 마리 붙들고 있을 때 저하고 진성이가 새끼를 쓱싹하고 형님에게 합류하면 되지 않겠어요?"

김지웅이 정석과도 같은 사냥법을 꺼내 들었다.

사실 이것은 이전에 정진이 사냥 중에 다수의 몬스터를 상대하게 되면 이런 방법을 사용하자며 말했던 방법이기도 했다. 이정진이나 다른 멤버들도 고개를 끄덕였다.

솔직히 다른 멤버들도 이제 트롤을 한 마리씩 느리게 사냥하는 것이 왠지 시간 낭비 같다고 여기고 있었다. 그들이 너도나도 지웅의 말에 동조했다.

"팀장님, 지웅이 말대로 하죠. 다시 한 마리만 떨어져 있는 놈을 찾는 것도 번거로울 것 같구요. 그리고 이제 저도 트롤은 혼자 충분히 커버할 수 있으니까, 다음부터는 굳이 혼자 떨어져 있는 트롤을 찾지 않아도 두세 마리 정도라면 상황 봐서 잡아도 되지 않을까요?"

류재욱 또한 친구인 지웅의 의견에 힘을 실어주었다.

사실 한 마리를 사냥할 때에 비해 무리를 지은 몬스터를 잡는 것이 까다로운 이유는 사냥 방법 또한 달라야 하기 때문이다.

일대다의 전투는 작전만 잘 세우면 아무런 피해 없이 다수의 승리로 사냥을 끝낼 수 있지만, 두셋 이상의 몬스터와 싸우는 다대다 전투는 전혀 다르다.

몬스터는 한 마리, 한 마리가 강력한 전투력을 가지고 있기에 자신이 대치하고 있던 몬스터를 실수로 놓치거나 주의를 잘못 끌게 되면 동료에게 큰 피해를 줄 수 있었다. 자칫 잘못했다가는 큰 사고로 이어질 수 있다. 신중하게 고려해 봐야 할 문제였다.

그러나 멤버들 대부분이 동조하자, 이정진도 결국 고개를 끄덕였다.

솔직히 그가 생각하기에도 지금 팀 아케인의 전력은 충분히 트롤 두세 마리는 충분히 잡을 수 있는 전력이었다.

"그럼 각자 자신이 맡은 몬스터를 신경 써서 잡고, 최대한 빨리 남은 쪽으로 합류해 주도록 하자."

"알겠습니다."

"재욱이야 아머드 기어를 운용하는지라 걱정이 없지만, 맨몸으로 트롤을 상대하는 인원은 특히 주의해라."

이정진은 멤버들에게 주의를 주며, 특히나 조금 산만한 김지웅을 보며 말했다.

"하하하, 걱정 붙들어 매시라니까요."

이정진이 무엇 때문에 자신을 보며 이야기하는지 잘 알고 있는 김지웅은 별다른 불만 없이 웃으며 대답을 하였다.

"그럼 먼저 재욱이가 트롤에게 돌진을 하여 주의를 끈다. 그러고 나서 반응을 보고, 진성이는 원거리에서 또 다른 성체를 유인하거나, 아니면 새끼를 저격을 하든 해서 트롤 무리를 분리시켜 줘."

이정진은 새끼가 낀 트롤 무리를 상대할 방법을 신속하게 멤버들에게 들려주었다.

"그렇게 성체와 새끼가 분리되고 나면, 나와 현성이가 또 다른 트롤 성체를 막아서 완벽하게 새끼를 고립시키고, 진성이하고 지웅이가 새끼를 마무리한다."

"예, 알겠습니다."

"네!"

"잡고 나면 빠르게 우리 쪽으로 합류해서 한 마리를 처리하고, 그사이에 재욱이는 될 거 같으면 혼자 처리하고, 여의치 않으면 바로 말해."

"예!"

류재욱은 이정진의 말에 대답을 하면서도 입꼬리를 살짝 비틀며 미소를 지었다.

그것은 아머드 기어 라이더인 자신이 고작 고립된 트롤 한 마리를 처리하지 못해 도움을 청할 일은 없을 것이란 자신감으로부터 나온 미소였다.

팀 아케인에 들어오기 전에도 재욱은 다른 헌터 클랜에서 아머드 기어를 운용해 트롤을 사냥한 경험이 있었다. 자주 는 아니었지만 그때도 재욱은 사냥에 성공했다.

전에는 여러 명이 돌아가며 아머드 기어를 운용했지만, 그래도 자신의 실력에 충분히 자신이 있었다.

류재욱은 자신도 모르게 아머드 기어를 한 손으로 쓸었 다.

"그럼, 각자 위치로 이동한다."

작전 회의가 끝나, 팀 아케인 멤버들은 각자 자신의 장비 를 점검한 뒤 이동을 시작했다.

10분쯤 이동하니 저 멀리 300m 떨어진 곳에 트롤 세 마리가 앉아 오크를 잡아먹고 있는 모습이 보였다.

팀 아케인 멤버들은 각자 망원경으로 트롤 무리의 상태를 확인했다.

"두 마리는 대충 봐도 3m는 넘는 성체고, 조금 작은 놈 도 3m까지는 아니어도 거의 근접한 크기인 것으로 봐서 성체가 되기 직전의 새끼인가본데?"

"그래, 작은 놈을 잡을 진성이하고 지웅이는 조금 더 조 심해라."

"걱정하지 마세요."

이정진은 자신감에 차 있는 김지웅에게 다시 한 번 주의를 주고, 고개를 돌려 다른 멤버들을 보았다.

"다시 한 번 말하지만 최대한 안전하게 몬스터를 사냥한다. 알겠나?"

"예, 알겠습니다."

"알았어요."

"그럼 간다!"

"OK! 고고고!"

쿵! 쿵! 쿵!

이정진의 말이 떨어지기 무섭게 재욱이 먼저 아머드 기어를 출발시켰다.

류재욱이 탄 아머드 기어가 커다란 소음을 내며 정면을 향해 뛰어갔다.

그곳에는 오크 무리를 사냥한 트롤 가족이 자축하며 배를 채우고 있었다. 트롤들은 멀리서 소음이 들려오자 고개를 돌렸다.

크르릉!

크아앙!

자신들의 즐거운 식사 시간을 방해 받자, 트롤들은 신경

질을 내며 괴성을 질렀다.

그들은 곧 소음의 정체가 자신들보다 덩치가 좋은 몬스터(아머드 기어)가 자신들을 향해 뛰어오는 소리였음을 알게 되었다.

트롤들은 먹던 오크 시체를 그 자리에 던지고, 옆에 놓아둔 나무 몽둥이를 집어 들었다.

쿵! 쿵!

트롤들은 아머드 기어를 위협하듯 몽둥이를 들어 땅을 마구 두들겼다.

하지만 아머드 기어 내부의 재욱은 그런 트롤들의 행동에 전혀 위협을 느끼지 않았다.

강철로 이루어진 아머드 기어에 트롤의 몽둥이가 별다른 피해를 입힐 수 없다는 것을 너무도 잘 아는 재욱에게 트롤의 그런 행동은 그저 웃길 뿐이었다.

아주 가끔 어디서 구했는지 알 수는 없지만 강철로 된 클럽을 들고 있는 몬스터가 있는데, 그놈들이 그랬다면 조금은 위협이 될지도 모르겠다.

하지만 지금 눈앞에 있는 트롤은 그런 무기를 들고 있지 않았다. 영원의 숲 안에 있는 나무 중 적당한 것을 꺾어 대충 만든 몽둥이일 뿐이다. 그런 몽둥이로는 아머드 기어의 장갑을 뚫고 내부에 충격을 줄 수 없었다.

재욱은 더욱 속력을 내 트롤을 향해 달렸다.

자신들의 위협에도 적이 아무런 망설임도 없이 자신들을 향해 뛰어오자, 트롤들도 더 이상 참지 않고 아머드 기어를 향해 달려들었다.

그아악!

가장 큰 수컷 트롤이 가장 먼저 류재욱의 아머드 기어에 돌진해 왔다.

그리고 그 뒤를 이어 암컷과 새끼가 따라서 뛰어갔다.

마주 오는 트롤의 모습에 류재욱은 왼팔에 들린 방패를 몸에 붙이고, 그대로 전면에서 달려오는 수컷 트롤을 치받았다. 아머드 기어의 단단한 방패와 몸을 이용해 보디체크를 하려는 것이다.

쿵!

재욱이 탄 아머드 기어와 수컷 트롤이 가까워지며 충돌이 일어났다.

하지만 재욱의 의도는 보기 좋게 빗나갔다. 트롤은 이미 이런 경험이 있었는지 달려들던 방향을 살짝 틀어 충돌을 약화시키면서, 들고 있던 몽둥이를 휘둘러 공격해 왔다.

트롤이 휘두른 몽둥이가 아머드 기어에 부딪혀 큰 충돌음이 났다. 그래도 전면을 방패로 가리고 있었기에 몽둥이는 방패에 막혔다.

한편, 트롤들의 움직임이 기민한 것을 뒤에서 지켜본 팀 아케인 멤버들은 지금까지 그들이 가지고 있던 트롤에 대한 생각을 180도 수정해야만 했다.

그동안 이들이 사냥한 트롤들은 모두 멍청할 정도로 직선적이었다.

그 때문에 재욱이 아머드 기어를 가지고 정면을 막아서면, 절대 피하지 않고 직선 공격을 해왔다.

하지만 방금 전 트롤 수컷은 재욱의 공격을 흘리며 크로스 카운터를 한 것이다.

물론 그 공격도 들고 있는 방패에 막히기는 했지만, 한 번도 트롤이 이런 변칙적인 공격을 구사하는 것을 본 적이 없는 이들에게는 상당히 충격적인 모습이었다.

그러나 놀라움도 잠시, 트롤의 공격이 아머드 기어에 전혀 피해를 주지 못하자 멤버들은 안심했다.

"트롤이 생각보다 좀 똑똑한 것 같으니 모두 조심하도록!"

이정진은 재욱이 탄 아머드 기어를 상대로 기민하게 움직이고 있는 트롤들을 보고 다른 멤버들에게 경고를 했다.

"알겠습니다."

"진성이는 어서 가장 작은 놈을 유인해라."

"네."

팀장인 이정진의 지시를 들은 강진성은 아머드 기어에 새끼 트롤의 모습이 가리지 않는 위치로 이동하여 크로스 보우를 겨냥했다.

팡!

쉐엑!

크로스 보우에서 공기를 찢는 소음과 함께 볼트가 날아갔다.

크악!

한참 부모 트롤을 따라 커다란 적을 공격하던 새끼 트롤은 몸에 느껴지는 충격에 고통스런 비명을 질렀다.

강진성은 아머드 기어에 달라붙은 트롤을 분리하기 위해 볼트를 날린 것이라 일부러 마법이 인챈트되어 있지 않은 볼트를 사용하였다.

만약 그렇지 않고 마법이 인챈트된 볼트를 사용했다면 새끼 트롤은 큰 피해를 입고, 트롤들은 순식간에 그에게 시선을 집중했을 것이다.

하지만 지금은 일반 볼트를 사용했다. 때문에 큰 피해를 입히진 못했지만, 새끼 트롤은 자신을 고통스럽게 한 적을 찾기 위해 두리번거리다 이정진과 강현성을 발견했다.

그러고는 볼 것 없이 괴성을 지르며 이정진과 강현성을 향해 뛰어오기 시작했다.

한편, 새끼 트롤이 볼트를 쏜 진성 쪽이 아니라 자신들을 향해 다가오자 이정진과 강현성은 눈을 반짝였다.

원래는 자신들이 새끼를 따라오는 어미를 상대하고, 그사이 강진성과 김지웅이 새끼를 빠르게 처리하고 나서 어미를 처리하는데 합류하기로 했는데 상황이 달라졌다.

아머드 기어를 운용하는 류재욱 쪽이 거세게 날뛰며 주의를 끌어준 덕에, 수컷과 암컷 둘 모두가 새끼를 따라오지 못하고 묶인 것이다.

오랫동안 두 마리를 붙잡고 있기는 어렵겠지만, 바뀐 상황에 맞는 작전이 필요했다.

대기하고 있던 이정진은 빠르게 작전 변경을 지시했다.

"새끼만 떨어졌다. 굳이 처음 계획대로 할 게 아니라 바로 새끼를 처리하고 재욱에게 합류한다."

"네."

"으아아아!"

뒤에 대기하고 있던 김지웅은 이정진의 말이 떨어지기 무

186

섭게 고함을 지르며 앞으로 뛰어나갔다.

그사이 강진성은 빠르게 크로스 보우를 장전하고는 맞은편에서 달려오는 새끼를 향해 볼트를 발사하였다.

크악!

그러나 새끼 트롤은 볼트에 맞아 고통스런 비명을 지르면서도 꿋꿋하게 접근해 왔다. 그런 새끼 트롤을 향해 강현성이 방패를 앞세운 실드 차지를 날리며 중심을 무너뜨렸다.

동시에 이정진과 김지웅은 각각 오른쪽과 왼쪽에서 트롤의 하체와 상체를 공격해 갔다.

팍! 사악!

이정진의 그레이트 소드가 트롤의 오른쪽 무릎 관절을 절단하고 지나갔다. 김지웅은 바스타드 소드로 트롤의 왼쪽 팔을 베었다.

크아악!

조금 전과는 비교도 되지 않을 정도로 심한 고통이 전해지자, 새끼 트롤은 더 커다랗게 비명을 질렀다.

그런 새끼의 비명을 들은 부모 트롤들은 아머드 기어를 공격하던 것을 멈추고 새끼를 구하기 위해 뛰어가려고 했다.

하지만 재욱은 그런 수컷과 암컷을 그냥 두고 보지 않

았다.

쾅!

아머드 기어가 막아서듯 커다란 대검을 내려쳤다.

트롤들이 빠르게 물러서며 피해버린 탓에, 대검은 땅에 꽂힐 뿐이었다. 그러나 3m나 되는 크기에, 80kg이나 나가는 무게를 가진 아머드 기어용 대검이다. 크게 휘두르는 것만으로도 달려가려던 두 트롤을 위협하는 데는 충분했다.

류재욱이 두 트롤을 막고 있는 사이, 이정진을 비롯한 팀 아케인 멤버들은 빠르게 새끼 트롤을 마무리하기 시작했다.

크악!

크아악!

크륵! 크악!

새끼 트롤의 비명이 연이어 들렸다. 두 트롤이 덩달아 괴성을 질렀지만 어쩔 도리가 없었다. 마주 괴성만 지를 뿐이다.

얼마 지나지 않아 팀 아케인 멤버들의 집중 공격을 받은 새끼 트롤은 결국 쓰러졌다. 새끼의 죽음을 눈앞에서 지켜본 부모 트롤들은 눈이 붉어졌다.

크아악!

새끼의 죽음을 봐서 그런지 더욱 난폭해진 트롤들은 조금 전과는 비교가 되지 않을 정도로 빠르고 거세게 공격해 왔다.

쾅! 쾅!

조금 전과는 다른 트롤들의 공격에 아머드 기어의 움직임이 점점 부산해졌다. 트롤들은 마치 철천지원수를 만난 것처럼, 들고 있는 몽둥이를 휘둘러 아머드 기어의 몸통을 마구 두들겼다.

새끼 트롤을 처리하는데 성공한 이정진과 다른 팀 아케인 멤버들이 두 트롤에 둘러싸여 있는 아머드 기어 쪽으로 급히 뛰어왔다.

근접 무기를 들고 있는 이들이 트롤에게 달려가고 있을 때, 사정거리에 들어서자마자 잠시 멈춰 선 강진성이 이번에는 아이스 마법이 인챈트된 볼트를 크로스 보우에 장전했다.

방금 전 새끼 트롤에게는 무리에서 떨어져 나오도록 유도하기 위해 일부러 일반 볼트를 사용했지만, 이번에는 그럴 필요가 없다. 오히려 재욱에게 다른 팀원들이 더 가깝게 접근할 수 있는 틈을 만들어줄 수 있는 빠르고 강한 공격이 필요했다.

아이스 마법이 인챈트된 볼트는 빠르게 날아가 수컷의 가슴에 명중되었다.

컥!

볼트를 맞은 수컷은 짧은 비명과 함께 쓰러졌다.

아머드 기어를 공격하는 데 신경을 쓰다 그만 진성의 공격을 보지 못하고 볼트에 적중된 것이다. 트롤에게 있어서 볼트 자체는 비록 작은 가시가 박힌 정도에 불과했으나, 볼트에 인챈트된 마법은 이야기가 다르다.

질긴 가죽을 뚫고 들어간 볼트 끝에서 발생한 아이스 마법이 수컷 트롤의 내부를 얼려 버렸다.

볼트가 박힌 곳은 트롤의 가슴 정중앙, 몸의 중심이자 중요 장기가 밀집된 곳이다. 꽁꽁 얼어버린 근육과 신체 조직들이 활동을 멈췄다. 트롤의 몸에 혈액을 공급하던 심장도 마찬가지였다.

아무리 트롤의 생명력이 뛰어나다고는 하지만 피가 공급되지 않는 데에는 버틸 재간이 없다.

함께 아머드 기어를 공격하던 수컷 트롤이 갑자기 쓰러져 버리자, 암컷은 순간 어리둥절하여 움직임을 멈췄다.

그 잠깐 사이, 아머드 기어를 탄 류재욱이 왼팔에 들고 있는 방패로 암컷의 머리를 세게 후려쳤다.

쾅!

크아악!

머리에 충격을 받은 암컷 트롤이 정신을 차리지 못하고 있을 때, 접근해 온 이정진이 커다란 그레이트 소드를 들어 한쪽 다리를 잘라 버렸다. 그와 동시에 김지웅의 바스타드 소드가 암컷 트롤의 심장이 있는 왼쪽 가슴으로 파고들었다.

크악!

고통에 비명을 지른 암컷 트롤은 자신의 가슴에 칼을 박은 채 매달려 있는 김지웅을 떨치듯 공격해 왔다.

하지만 바로 뒤를 쫓아 달려오던 강현성이 방패를 들어 암컷 트롤의 공격을 막았다.

쾅!

강현성이 뒤를 따라오는 것을 알고 있던 김지웅은 트롤의 공격에도 아랑곳하지 않고, 가슴 깊이 박아 넣은 바스타드 소드를 비틀며 상처를 더욱 크게 벌렸다.

크아악!

암컷 트롤의 비명은 짧았다.

"와하! 트롤 세 마리도 별거 아니네요."

마무리 공격에 성공한 김지웅은 자신감 넘치는 모습으로 소리치며 박혀 있던 검을 뽑아냈다. 심장에서 피가 왈칵 쏟아져 내렸다.

김지웅은 다른 멤버들을 돌아보며 미소 지었다.

그런데 자신을 돌아보는 멤버들이 조금 이상했다.

"다들 표정이 왜 그래요?"

"뒤, 뒤를 조심해!"

"피해!"

멤버들이 고함치자, 김지웅은 고개를 갸웃거리며 뒤를 돌아보았다.

그 순간, 커다란 몽둥이가 자신을 향해 날아왔다. 언제 정신을 차린 것인지 수컷 트롤이 누운 상태로 한 손에 들고 있던 몽둥이를 휘두른 것이다.

김지웅은 날아오는 몽둥이를 보고, 본능적으로 왼팔에 차고 있는 방패를 들어 앞을 막았다.

쾅!

"크억!"

하지만 아무런 소용이 없었다.

방패로 막았다고는 하나, 정통으로 몽둥이에 맞은 김지웅이 멀리 날아갔다.

뒤이어 쓰러져 있던 수컷 트롤이 다시 몸을 일으키려고 할 때, 아머드 기어에 타고 있던 류재욱이 비로소 정신을

차렸다. 재욱은 바로 대검을 번쩍 들어 일어나려는 트롤을
내려쳤다.

쾅!

컥!

반쯤 일어나던 트롤은 아머드 기어의 대검을 피하지 못하
고 머리에 맞고 즉사했다.

"지웅아!"

재욱은 수컷 트롤이 쓰러지자마자 아머드 기어에서 뛰쳐
나왔다. 그러고는 곧바로 김지웅이 날아간 쪽으로 뛰어갔
다. 주변에는 이미 다른 팀원들이 모여 있었다.

하지만 김지웅은 자신을 애타게 부르는 재욱의 부름에 대
답하지 못했다.

Chapter 6
팀 아케인을 강화하자

　타라칸의 둥지 한편에 만들어 놓은 팀 아케인의 캠프.

　침상 하나에 부상을 당한 김지웅이 잠들어 있었다.

　처음 캠프로 돌아왔을 때는 무척이나 심각한 부상으로, 생명이 위독한 상태였다. 트롤이 휘두른 몽둥이에 정면으로 맞은 탓에 한쪽 갈비뼈들이 모조리 부서지고, 살점은 그대로 뭉개져 버렸다. 옆구리 부근이 완전히 파열된 거나 다름없었다.

　캠프에 비상용 포션이 있고, 또 정진이 급히 치료한 덕에 위기를 넘겼지, 그렇지 않았다면 아마 다시는 눈을 뜨지 못했을 것이다.

"휴······."

정진이 안도와 걱정이 뒤섞인 한숨을 내쉬었다.

김지웅이 부상을 당한 경위를 이정진에게 듣고서, 한편으로는 어처구니가 없었다.

김지웅은 자신보다 헌터로서의 경험이 많았다. 그런 그가 몬스터 헌팅에서 가장 주의해야 할 방심 때문에 목숨을 잃을 뻔했다는 것이 참으로 아이러니했다.

처음 몬스터 헌팅 파티인 팀 아케인을 만들 때만 해도 얼마나 많이 초보인 자신에게 안전에 대해 설명을 하고, 몬스터의 위험에 대해 말을 했던가.

그러던 김지웅이 어느 순간부터 몬스터를 쉽게 생각하기 시작했다.

언젠가 이런 일이 벌어질지도 모른다는 막연한 생각은 했지만, 그게 정말로 벌어지리라고는, 더욱이 오늘 일어나리라고는 생각지도 못했다.

좀 더 경고를 했어야 했는데, 자신이 만들어준 아티팩트를 믿고 위기감을 잃은 것이다.

정진은 자기 탓에 김지웅이 이리된 것 같아 안타까웠다.

"괜찮겠나?"

정진이 김지웅의 잠든 얼굴을 쳐다보며 생각에 잠겨 있을 때, 설명을 끝낸 이정진이 물었다.

"예, 바로 처치를 해서 아무런 문제없습니다. 다만 포션 치료로 체력이 많이 떨어졌을 것이니 일어나면 영양가 있는 것을 먹어야 해요. 며칠 정양하면 금방 회복될 거예요."

다행히 며칠 쉬면 나을 것이란 정진의 설명에, 이정진은 물론이고 지웅의 친구이자 수컷 트롤을 책임지기로 했던 재욱도 안도의 한숨을 쉬었다.

김지웅을 기습한 수컷 트롤은 원래 작전상 재욱이 책임지고 처리해야 했다.

아무리 작전이 도중에 변경되었다고는 하지만, 결과적으로 그가 수컷 트롤을 확실하게 마무리하지 않은 탓에 가까이 있던 김지웅이 부상을 입은 것이나 다름없었다.

그 때문에 재욱은 캠프로 돌아오는 내내 김지웅의 상태에 대해 걱정을 했고, 정진의 치료를 받고 잠이 든 지웅의 모습을 보면서도 줄곧 미안한 마음이 가득했다.

김지웅의 소개로 악덕 클랜에서 빠져 나오고, 팀 아케인 이라는 좋은 파티에 낄 수 있게 되었다.

뿐만 아니라 아머드 기어까지 배정받지 않았는가. 아무리 핵심 멤버의 소개로 들어왔다고 하지만 팀 아케인처럼 신입 멤버에게 아머드 기어와 같은 고가의 장비를 조건 없이 대여해 주는 헌터 클랜은 어디에도 없다.

보통 헌터 클랜에서 아머드 기어 라이더에게 아머드 기어를 대여해 줄 때는 그만한 담보를 받아둔다. 아니면 담보 대신 라이더와 불공정 계약을 맺어, 거의 가축처럼 부리기도 했다.

실제로 그런 불공정 계약으로 이전 클랜에서 노예 아닌 노예 생활을 했던 류재욱은, 그런 어둠의 족쇄를 끊고 새 출발을 할 수 있게 기회를 준 김지웅에게 늘 고마워했다.

그런데 그만 자신의 부주의로 은인이자 친구인 지웅의 생명을 잃을 뻔한 것이다.

"정말로 괜찮은 거지?"

"네, 보세요. 잠든 표정만 봐도 알 수 있잖아요. 다음에도 혹시나 비슷한 사고가 있을지 모르니 다들 사냥을 나가게 되면 꼭 포션 챙겨서 가세요. 오늘처럼 제가 캠프에 남아 있을지 장담할 수 없으니까요. 꼭 비상용으로 사냥 때마다 가져가시고, 부족하면 말씀하세요. 또 만들면 되니까."

정진은 뒤에 있는 다른 멤버들과도 한 명씩 눈을 마주치며 덧붙였다.

"참, 그리고 집에도 혹시 모르니 한두 병 챙겨가세요. 지금 만들어둔 포션은 모두 외상 치료에 특효인 포션이에요.

헌터 프론티어

비상약으로 챙겨두면 도움이 될 거예요."

"그래, 알았다. 고맙다."

"고마워!"

포션을 챙기라는 말을 들은 팀 아케인 멤버들은 하나같이 정진에게 고맙다는 말을 하였다.

그들은 방금 심각한 부상을 당한 김지웅이 포션을 먹고 치료되는 과정을 눈으로 지켜보았다. 그 때문에 포션이 얼마나 대단한 물건인지 모두 알게 되었다.

부상당한 부위에 포션을 붓자, 마치 시간을 거꾸로 돌리는 듯 뭉개진 상처가 나았던 것이다.

몬스터의 피를 정제해 여러 가지 약재와 섞어 만든 포션이 이런 획기적인 효능을 가지고 있을 줄은 전혀 몰랐다.

포션을 만들 때도 정진이 그저 외상 치료제라고 설명하기에 그냥 그런가 보다 생각했는데, 눈으로 그 효과를 확인하니 상상 이상이었다.

거기다 정진은 아예 집에도 포션을 가져가라고 말했다.

사실 몬스터 사냥을 위해 자주 집을 비우게 되는 그들로서는, 남아 있는 가족들이 여간 걱정되는 것이 아니었다.

가족들이 있는 지구는 몬스터가 출몰하는 뉴 어스처럼 위험한 곳은 아니지만, 언제 어디서 몬스터 웨이브 같은 사고가 일어날지 모르는 일이다.

그런데 그런 걱정을 말하지 않아도 안다는 듯, 정진 쪽에서 먼저 가져가라고 하니 고마울 수밖에 없었다.

"지웅이 형 쉬도록 우린 그만 나가지요."

"그러자."

잠든 김지웅을 남겨두고 방을 나온 정진과 팀 아케인 멤버들이 각자 자신들의 방으로 흩어졌다.

"정진 형님."

정진이 막 자신의 방으로 가려는 이정진을 불렀다.

"어, 무슨 할 말이라도 있나?"

"예, 잠시만."

"그래."

각자 방으로 들어가려던 멤버들은 잠시 뒤를 돌아보았다.

하지만 부상을 입은 김지웅을 걱정하면서 긴장했던 것이 풀리면서 급격히 피로가 밀려왔다. 자신의 방 침대가 무척이나 그리워진 그들은 이내 관심을 접고 방으로 들어가 버렸다.

어차피 자신들이 알아야 할 내용이라면 나중에 다시 이야기를 해줄 것이니, 굳이 지금 피곤한 몸을 이끌고 억지로 듣고 있을 필요는 없다는 생각이었다.

둘만 남게 된 정진과 이정진은 이야기를 하기 위해 자리를 옮겼다.

  자신의 연구실로 온 정진은 이정진에게 의자를 내놓으며 앉으라고 권하고, 동시에 다른 의자를 끌어다 그의 맞은편에 앉았다.

  "그래, 할 이야기란 것이 뭐냐?"

  이정진은 자신의 앞에 앉은 정진을 보며 단도직입적으로 물었다.

  그런 이정진의 모습에 정진은 오늘 헌터 협회에서 경매가 끝나고 있었던 백장미의 제안을 이정진에게 들려주었다.

  한참 정진의 이야기를 들은 이정진은 곰곰이 생각에 잠겼다.

  '대한민국 3대 클랜 중 한곳인 백화 클랜의 영입 제안이라⋯⋯.'

  솔직히 이정진이 듣기에 무척이나 솔깃한 이야기였다.

  웬만한 곳도 아니고 3대 클랜 중 하나다. 그뿐만 아니라 백화 클랜은 평판 또한 상당히 좋았다.

  소속 헌터에 대한 대우가 좋은 것은 물론이고, 다른 헌터들과도 별로 척을 지지 않고 원만한 관계를 유지하고 있는 클랜이 바로 백화 클랜이다.

  물론 모든 헌터 클랜과 관계가 좋은 것은 아니다. 많은 헌터 클랜이나 헌터들, 그리고 헌터 관련 기업들에게 두루 좋은 평을 받는 백화 클랜이지만, 유독 나이트 클랜과는 앙숙으로 지내고 있었다. 물론 전적으로 나이트 클랜이 잘못하는 일이 많았지만.

정진의 존재를 뺀다면 평범한 헌팅 팀에 불과한 팀 아케인으로서는 쌍수를 들고 환영할 만한 일이다.

그러나 이정진은 그런 백화 클랜에서 자신들을 영입하려고 했다는 사실 자체가 무엇보다 고민이었다.

일반 헌터 클랜이 그런 제안을 했다고 하면 그냥 무시를 하면 되는데, 다른 곳도 아니고 3대 클랜에서 그런 제안을 해왔다는 것이 지금 이정진을 골치 아프게 하는 것이었다.

또한 생각해 보니, 백화 클랜에서 자신들을 알고 그런 제안을 했을 것이란 생각은 들지 않았다.

"그런데 백화 클랜에선 우릴 어떻게 알고 영입 제안을 한 것이냐?"

너무도 이상했다. 자신이나 팀 아케인에 속한 멤버들 중 백화 클랜과 연관이 있는 사람은 아무도 없었다.

그런데 백화 클랜에서, 그것도 클랜장인 백장미가 직접 영입 제안을 했다는 말에 의문이 든 것이다.

"그게, 형님도 오늘 헌터 클랜에서 아티팩트 경매가 있던 것은 잘 아시죠?"

"물론 알지. 네가 만든 것을 헌터 협회에서 대리하는 것이잖아?"

"네. 제작자가 누구인지를 숨기려고 헌터 협회를 내세운 것인데, 그만 백화 클랜의 백장미 클랜장에게 들켜 버렸습니다."

"뭐? 어쩌다가?"

정진의 말을 듣고 있던 이정진은 자신도 모르게 자리에서 일어나며 소리쳤다.

"하하, 그게 어떻게 된 것이냐면……."

정진은 이기동의 사무실에서 있었던 이야기를 그대로 들려주었다.

이야기를 모두 들은 이정진은 어처구니가 없어 허탈한 목소리로 대답했다.

"그런 일이 있었구나."

"백장미 클랜장이 이기동 이사와 잘 알고 있는 사이란 것도 결정적이었죠. 만약 그렇지 않았다면 헌터 협회 이사의 사무실로 그렇게 막무가내로 쳐들어오진 않았을 테니까요."

정진은 백장미와 이기동 이사가 친밀한 사이라는 것을 짐작하고 있었다.

둘의 관계가 정확히 어떤 사이인지는 알 수 없으나, 백장미 클랜장은 이기동 이사를 '아저씨'라고 편히 부르고, 이기동 이사 쪽에서도 그녀를 허물없이 대하며 꽤나 특별하게 대접해 주고 있다. 일반적인 헌터 클랜장과 헌터 협회 이사와의 사이라고는 생각하기 어려운 모습이었으니, 들은 바가 없더라도 어렵지 않게 알 수 있는 사실이었다.

이정진은 이야기를 모두 듣고서야 백장미가 무엇 때문에 자신들을 영입하려 하는 것인지 깨달았다. 백화 클랜은 아티팩트를 만들 수 있는 정진을 영입하고 싶어 하고, 자신들은 정진을 영입하기 위해서 영입하는 거나 다름없었다.

"네 생각은 어떤데?"

"음, 솔직히 굳이 저희가 백화 클랜에 들어갈 필요가 있는지 의문이에요."

"그래?"

"네, 물론 거대 클랜에 소속이 된다면 오늘과 같은 사고가 일어날 확률이 줄어들긴 하겠죠. 그래도 지금처럼 자유롭게 몬스터를 사냥할 수는 없을 것이라 생각해요."

"하긴 그렇지, 클랜에 소속이 되면 그 클랜의 계획에 따라 움직여야 하니."

이정진도 고개를 끄덕였다.

✝   ✝   ✝

정진과 이야기를 끝내고 자신의 방으로 돌아온 이정진은 조금 전 정진이 한 이야기를 다시 한 번 생각해 보았다.

백화 클랜에 들어가는 것에 회의적인 정진의 말에 동의하기는 했지만, 사실 어떻게 하는 것이 좋을지 판단이 잘 서지 않았다.

'왜 내가 그런 말을 했을까?'

예전이라면 남은 가족들을 위해 최대한 안전하게 돈을 벌 생각으로, 백화 클랜의 제안을 두말하지 않고 받아들였을 것이다.

그런데 지금은 어떤가. 그 위험하다는 몬스터 사냥을 너무도 쉽고 안전하게 생각하고 있었다.

물론 오늘 뜻하지 않게 사고가 발생했지만, 충분히 주의하기만 한다면 일어날 리가 없는 사고였다. 팀 아케인의 무력은 트롤 세 마리 정도는 별다른 피해 없이도 충분히 잡을 수 있는 전력이었다.

거기까지 생각한 이정진이 문득 흠칫하더니 이내 벌떡 일어났다. 그가 앉아 있던 의자가 뒤로 퉁, 넘어졌다. 그러나 이정진에게는 그 소리조차 들리지 않았다.

지금 이 생각은 방금 전 트롤 무리를 사냥하며 방심하던 김지웅의 생각과 크게 다르지 않았다.

'방심하고 있었다.'

이정진은 그동안 주의한다고 하면서도 자신이 방심하고 있었다는 것을 깨달았다. 그동안 충분히 주의를 기울이고 있다고 생각했는데, 자신만은 계속해서 주의하고 있었다고 여겼는데, 사실 그 또한 자신도 모르게 마음속으로 방심하고 있던 것이다.

팀원들에게는 내색하지 않았지만, 사실 오늘 지웅에게 그런 사고가 발생한 것은 완전히 우연이라고 말할 수는 없다.

팀 아케인은 갑작스러운 성장으로 인해 헌팅의 위험에 대해 다소 무감각해졌다. 자신도 마찬가지였다. 오늘 지웅이 당한 사고는 어쩌면 자신에게 일어났을 수도 있는 사고였다. 언제가 되었든 일어날 수 있는 일이었다는 것이다.

분명 자신이 정진과 함께 팀 아케인이란 몬스터 헌팅 팀을 만들고 처음 몬스터 사냥을 나갈 때만 해도 오늘처럼 방심을 하진 않았다.

하지만 팀 아케인의 전력이 높아지면서 조금씩 자신이 방심하고 있었음을 이제야 알게 되었다.

이정진은 다시 한 번 찬찬히 생각해 보았다. 자신은 왜 백화 클랜의 영입 제안에 대해 거절하자고 말한 것일까?

그리고 내린 결론은 한 가지, 팀 아케인을 정진이 주도하고 있다는 것이었다.

팀 아케인이 성장한 것은 사실이었다.

그러나 그 모든 것은 정진 덕분이다.

'그건 내 능력이 아니다. 그렇다고 팀원들이 가진 능력도 아니야. 우린 강해진 것이 아니야… 언제부터 내가 이렇게 몬스터 사냥을 쉽게 생각했던가?'

"후……."

이정진은 자신도 모르게 한숨이 나왔다.

그동안 자신과 팀 아케인 멤버들은 정진이 준 능력을 자신의 능력인 것처럼 착각하고, 그에 취해 있었다. 그리고 그 사실을 너무 늦게 깨달았다.

그 탓에 지웅이 부상을 당하게 된 것이라고 이정진은 생각했다. 지웅에게 미안해서 고개를 들 수 없었다.

백화 클랜에서 들어온 영입 제안에 거절하자는 말을 한 것은, 팀장인 자신이 아닌 정진에게 제안했다는 것 때문은 아닐까?

'혹시 내가 자격지심을 느끼고 있던 것은 아닐까?'

자신의 방 침대에 누워 이런저런 생각을 머릿속에 굴려 보았지만, 결론은 나지 않고 시간이 갈수록 더욱 복잡해져 만 갔다.

그리고 어느 순간, 이정진은 잠에 빠지고 말았다.

지웅의 부상으로 정신없던 건 차치하더라도, 그는 오늘도 무려 다섯 마리의 트롤을 잡았던 것이다.

†   †   †

이정진이 자신의 방으로 돌아가고, 정진도 자신의 방에서 생각에 잠겼다.

거대 클랜의 제안을 거절했고, 이를 이정진에게도 이야기 하고 그의 의향을 들었다. 이정진도 자신의 뜻을 따라 굳이 백화 클랜에 들어갈 필요는 없다고 말했다.

이정진의 이야기를 듣고, 정진은 자신의 뜻에 따라준 것 에 대해 고마움을 느꼈다.

하지만 또 그와 반대로 조금 미안한 생각도 가슴 한편에 쌓였다.

이정진이 무엇 때문에 백화 클랜의 영입 제안을 거부한 것인지 느낄 수 있었기 때문이다.

자신과 팀 아케인을 구상할 때, 이정진에게 자신의 꿈에 대해 이야기했다. 이정진은 그때도, 지금도 자신의 생각에 동조해 주었고, 지금의 팀을 더욱 크게 키우는데 초점을 맞추는 것에 동의해 주었다. 그것을 느꼈기에 정진은 더욱 책임감이 느껴졌다.

대한민국 3대 클랜인 백화 클랜에 들어가면 지금보다 편하게 돈을 벌 수 있었다.

물론 지금처럼 자유롭게 사냥을 할 수는 없겠지만, 세상 일이란 것이 그렇다. 어느 하나를 얻게 되면, 반대급부로 어느 하나를 포기해야만 한다.

편하고 보다 안전하게 사냥을 하면서 지금보다 적은 돈을 벌 것인지, 아니면 지금처럼 소수 정예로 조금은 위험하겠지만 자유롭게 사냥을 할 것인지는 각자 추구하는 성향에 따라 다를 것이다.

이정진은 그런 선택의 기로에서 또다시 자신의 손을 들어 준 것이다.

그러니 자신도 다시 한 번 고민을 해야 했다.

오늘 김지웅은 비록 방심을 한 것이라고 하지만, 큰 부상을 입고 돌아왔다.

다행히 자신이 캠프에 남아 있고, 또 비상약으로 포션을 캠프에 놔두었기에 생명에는 지장이 없을 것이다. 그래도 앞으로 일주일 정도는 정양해야 할 큰 부상이었다.

'내가 7클래스에 들어서기만 해도 타라칸을 형님들께 확실히 붙여줄 수 있을 텐데.'

비록 자신이 타라칸의 마스터라고는 하지만, 현재 정진은 타라칸의 진정한 마스터라고 할 수는 없었다.

현재 타라칸의 행동 우선순위는 무엇보다 정진이 홀로 뉴어스를 독보할 수 있는 능력을 갖출 때까지 보호하는 것이다.

타라칸이 생각하기에 만약 팀 아케인이 정진의 마법 능력 향상에 방해가 된다고 판단된다면, 그들은 타라칸의 손에 죽을지도 모른다.

물론 정진이 팀 아케인이 자신의 수련에 도움이 된다는 것을 타라칸에게 단단히 일러두었기에 혹시라도 그럴 일은 없겠지만, 타라칸이 앞으로도 계속 그렇게 생각할지는 알 수 없는 일이다.

다만 정진이 몬스터 사냥에 나가지 않고 수련하여 6클래스로 올라선 것을 알고 있는 타라칸이 정진의 말을 믿고 팀 아케인을 두고 보고 있을 뿐이다.

"큰소리쳐 놨는데, 이대로 있을 순 없지."

뭔가 궁리를 하던 정진은 혼자 작게 중얼거렸다.

아닌 게 아니라 자신이 만들어 준 마법 무기로 팀 아케인이 강해지긴 했지만, 그것은 근본적으로 그 본인들이 강해진 것은 아니었다.

그래서 오늘과 같은 사고가 발생한 것이다.

만약 멤버들이 고대 아케인 제국 시절의 가드 정도로, 아니 용병 정도의 실력만 있다면 오늘과 같은 사고는 발생하지 않았을 것이다.

정진은 아카데미를 떠날 때 스승님들이 챙겨준 물건들을 살펴보기로 했다.

분명 멤버들에게 도움이 될 만한 물건이 있을 것이란 확신이 있었기 때문이다. 자신을 보호하기 위해 강력한 가디언인 타라칸을 준비한 스승님들이다. 또 다른 도움이 될 만한 무언가를 남겨 주셨으리라.

정진은 무릎까지 오는 로브의 한쪽 깃을 잡고, 마법진에 손을 댔다.

정진이 두르고 있는 로브는 제라드가 준비한 것으로, 아케인 아카데미 수료자에게 주는 마법사용 로브에 아공간 마법을 새긴 아티팩트였다. 아공간의 크기는 축구장 하나에 비할 수 있을 만큼 거대한 것이다.

"어? 전보다 더 넓어졌는데?"

아공간의 크기가 배로 늘어나 있었다.

현재 정진은 6클래스로, 이전보다 1클래스 성장했다. 마법 실력이 성장하면 아공간의 크기도 증가한다는 것을 알지 못하던 정진은 자신의 로브 속 아공간에 들어있는 물건을 확인하면서야 그 사실을 알게 된 것이다.

'아니, 이럴 때가 아니지…….'

놀람도 잠시, 자신이 지금 무엇 때문에 아공간을 뒤지고 있었는지 떠올린 정진은 다시 아공간을 살피며 그 안에 들어있는 물건들을 뒤졌다.

한참을 살피던 중, 예전 아카데미에서 심상 수련을 할 때 사용하던 석판이 눈에 들어왔다.

"아……."

정진은 아카데미를 떠날 때 스승인 제라드와 젝토르가 준 그 석판들을 보며 잠시 옛 생각에 빠져들었다.

†   †   †

커다란 석실의 한가운데 정진과 제라드가 서 있었다.

제라드는 자신의 앞에 놓인 석판들을 보며 하나하나 설명을 해주었다.

[이것은 앞으로 네가 배우고 익힌 뒤, 네 제자들에게 가르쳐야 할 아케인의 정수들이다.]

"아니, 제가 보기에는 그저 석판으로 보이는데 이것이 정말로 마도 제국의 정수란 말입니까?"

그냥 보면 아무런 특징도 없는, 손바닥보다 조금 더 큰 석판일 뿐이었다.

그런 석판을 들여다본 정진은 아무런 감흥도 없는 무심한 마음으로 제라드의 말에 토를 달았다.

[위대한 마도 제국 아케인의 모든 것이 바로 여기, 이 안에 들어 있다. 그러니 넌 아무런 의심 없이 이 모든 것을 네 것으로 만들어야만 한다.]

제라드는 자신의 말을 의심하는 정진의 말을 들으면서도, 한 치 흔들림 없는 목소리로 단호하게 말했다.

'저 안에 뭐가 있다는 거야? 아무것도 쓰여 있지 않은데……'

정진이 들여다본 석판은 그저 표면이 무척이나 평평하고 아무것도 쓰여 있지 않은 평범한 석판이었다.

'삼겹살이나 구워 먹으면 딱이겠구만.'

과거 마도 문명의 총본산인 아케인의 모든 것이 담겨 있는 레코더를 보며 엉뚱한 상상을 하고 있는 정진. 그 모습을 말없이 지켜보는 제라드의 머릿속은 무척이나 복잡했다.

'가능할까?'

언뜻 보기에도 눈앞에 보이는 인간은 제라드가 살던 이곳 뉴 어스의 인류와 달랐다.

키도 머리 하나 정도 작고, 신체적으로도 무척이나 열등해 보였다.

지금은 다소 모자라 보이기까지 하다.

그런 정진의 모습에 제라드는 자신이 후계자를 잘못 선택한 것은 아닌가 하는 생각이 잠시 들었지만 어쩔 수 없었다.

지금은 선택의 여지가 없었다. 막말로 아케인의 정수를 물려주기 위해 후계를 기다린 지도 벌써 수십 세기. 그동안 아무도 찾아오지 않았다.

소울 스톤에 영혼을 봉인한 앱솔루트 소울러인 젝토르와 다르게 데미 리치인 그는 지각변동으로 지상으로 나갈 수 있게 되면서 지상의 문명을 계속 살피고 있었다.

수 세기를 그렇게 지상을 살펴보았지만, 아케인의 마도를 승계할 만한 지성체를 찾지 못했다.

그나마 지성을 가진 존재는 오래전 인간을 대체할 생체 병기로 개량된 몬스터뿐이었다.

그 때문에 솔직히 젝토르는 어떨지 모르겠지만 제라드 본인은 후계를 기다리는 것을 어느 정도 포기를 하고 있었다.

그러던 어느 날, 아케인인과 비슷한 모습을 한 존재를 발견할 수 있었다.

하지만 그 유사 휴먼(인간)에게서 마도는 전혀 찾아볼 수 없었다.

몬스터들이 가지고 있는 거친 마나를 몸에 미약하게 품고 있는 것이 조금은 관심을 끌게 하였지만, 그뿐이었다.

한데 그런 마나는 없지만 대신 미약하나마 순수한 마나를 품고 있는 유사 휴먼이 아카데미 입구까지 왔다.

어차피 선택의 여지가 없는 마당이니, 제라드는 젝토르의 의견대로 그를 후계로 키우기로 하였다.

그런데 위대한 마도의 정수가 담긴 레코드를 보면서 어떤 생각을 하는지 입맛을 다시고 있는 정진을 보니 절로 고개가 흔들렸다.

속으로 한숨을 쉬던 제라드는 많은 석판 중 자신의 바로 앞에 놓인 하나를 들었다.

[간다.]

그러고는 자신의 할 말만 하고 뒤를 돌아 석실을 나섰다.

정진은 잠시 멍하니 석실을 나가는 제라드의 등을 보다, 얼른 정신을 차리고 밖으로 나가는 제라드의 뒤를 따라 석실을 나섰다.

그그그긍!

정진까지 석실을 나가자 활짝 열려 있던 석실의 문이 미세한 마찰음을 내며 닫혔다.

쿵!

자신이 석실을 나오자 자동으로 닫히는 석실 입구를 돌아본 정진은 고개를 갸웃거렸다.

'자동문인가?'

어떤 기계장치도 보이지 않는데 신기하게도 저절로 석실의 문이 닫힌 것이다.

[따라와라. 시간이 없다고 한 것은 너다.]

석실의 문에 정신이 팔려 정진이 자신을 따라오지 않자, 제라드는 뒤도 돌아보지 않고 그렇게 소리쳤다.

"알겠습니다."

생명의 은인이자, 이제는 마법이란 것을 가르쳐 줄 스승인 제라드의 부름에 정진은 빠른 걸음으로 뛰어갔다.

마도의 정수가 담겨 있는 석실에서 돌아온 제라드는 정진이 거주하고 있는 방으로 돌아왔다.

"이제 뭘 하면 되는 것입니까?"

정진은 따라오라고 했으면서 다른 곳도 아니고 자신이 사는 방으로 온 제라드를 보며 물었다.

[지금부터 네게 기초 마법을 가르칠 것이다.]

"마법이요?"

정진은 눈을 동그랗게 뜨며 제라드를 쳐다보았다.

[자리에 누워라.]

그러나 여전히 제라드는 정진의 질문에 답을 하지 않고 자신이 할 말만 하였다.

"알겠습니다."

이미 답을 듣기를 포기한 정진은 감정이 묻어 있지 않은 제라드의 무미건조한 말에도 순순히 자신의 침대에 누웠다.

정진이 침대에 눕자, 제라드는 조금 전 석실에서 가져온 레코더를 정진이 누운 침대의 머리맡에 가져갔다.

침대 머리맡에는 작은 홈이 자리하고 있었다.

제라드는 그 홈에 레코더를 가져다 올렸다.

기깅!

레코더가 홈에 맞춰지자 작은 진동음이 울리고, 침대에 변화가 일어났다.

침대의 테두리는 마치 요람처럼 정진의 몸을 감싸듯 약간 높은 편이었는데, 그 표면 위로 푸른 안개와 같은 것이 피어나 정진의 몸을 감쌌다.

"으음……."

푸른 안개가 피어오르고 있었지만, 정작 침대에 누워 있는 정진은 그것을 느끼지 못했다.

다만 어느 순간 잠이 쏟아지며 눈꺼풀이 천근만근 무거워졌다. 정진은 수마의 침습을 이겨내지 못하고 잠이 들었다.

정진이 잠에 드는 것을 확인한 제라드는 조용히 방을 빠져나갔다.

†   †   †

"아니, 여긴 어디야?"

제라드의 명령으로 침대에 누웠던 정진은 어느 순간 주변의 모습이 바뀌는가 싶더니, 정신을 차리니 웬 강의실에 홀로 앉아 있었다.

그리 크지 않은 강의실이었지만, 혼자 덩그러니 앉아 있자 왠지 무서운 생각이 들었다.

팟!

강의실에 홀로 덩그러니 있는 것에 불안감을 느끼며 주변을 살피던 그때, 강의실 앞 강단에서 밝은 빛이 순간 번쩍였다.

그 때문에 주변을 살피던 정진의 시선이 강의실 앞 단상으로 옮겨졌다.

그곳에는 언제 왔는지 머리가 하얗게 센 백발의 할아버지가 단상 위에 서 있었다.

"오늘부터 마법 기초 이론을 가르칠 메가우스라고 한다."

"아, 네. 전 정정진이라고 합니다."

백발의 할아버지가 자신의 소개를 하자 정진도 얼른 자리에 앉은 채 고개를 숙이며 말했다.

하지만 메가우스는 정진의 소개에 어떤 반응도 없이 바로 수업에 들어갔다.

"마법이란… 진리를 탐구… 마나를 가공해 법칙을 구현한다."

메가우스의 강의는 어찌된 것인지, 정진이 알아듣지 못할 이상한 뜬구름 잡는 소리와 동급의 허무맹랑한 소리였지만, 듣고 있는 정진의 머릿속에 또렷하게 기억이 되었다.

'어떻게 된 것이지?'

별로 강의에 집중을 하지 않아도 정진은 자신의 머릿속에 쏙쏙 들어오는 강의 내용에 고개를 갸웃거렸다.

"마법은 기적도, 이적도 아니다. 준비된 재료를 가지고 법칙을 구현한다. 마법은 법칙을 구현하기 위해 준비된 재료와 등가교환되어 이루어진다. 만약 준비된 재료가 부족할 시, 마법은 실패한다. 여기서 중요한 한 가지가 있다. 만약 마법이 실패했하게 되면, 마법을 시전하던 마법사는 중요한 선택의 기로에 서게 된다."

"선택의 기로요?"

"그것은 바로 계속해서 마법을 시전할 것인지, 아니면 그대로 포기를 할 것인지다."

메가우스의 설명에 정진의 눈이 반짝였다.

실패와는 별개로 마법사는 선택의 기로에 선다.

정진은 이 부분이 무척이나 중요한 것이라는 생각이 들었다.

"포기를 하면 마법은 그대로 소멸하며, 준비한 재료만 사라지게 된다. 하지만 만약 마법을 그대로 이어가게 된다면, 부족한 재료를 마법사가 부담하게 된다. 마법사가 가진 역량으로 감당할 정도라면, 마법은 부족한 재료를 가지고도 시전된다. 하지만 마법사가 부족한 재료를 충당할 수 없다면, 마법사가 법칙이 일으키는 현상을 떠안는다. 조금 전에 마법은 일대일 등가교환을 한다고 했었다. 그런데 마법사가 이 등가교환 법칙을 무시하고, 부족한 실력으로 무리를 할 경우, 최소 마나 역류가 일어나거나 서클이 파괴되고, 심하면 목숨을 잃을 수도 있다."

너무도 담담하게 무서운 말을 하고 있는 메가우스였다.

정진은 지금 자신이 배우는 마법이란 것이 얼마나 위험한 것인지 느낄 수 있었다. 문득 마법에 대한 두려움이 생기는 듯했다.

"물론 준비를 철저히 하거나, 마법의 시전을 포기한다면 위험은 없다."

마치 정진의 생각을 읽기라도 한 것처럼 메가우스가 말했다.

정진이 이해했다는 듯 고개를 끄덕였다.

"마법은 1클래스의 기초 마법에서부터, 9클래스의 고위 마법으로 분류된다……."

메가우스는 정진이 자신의 강의를 알아듣건 말건, 계속해서 쉼 없이 강의를 계속했다.

희한하게도, 아무리 장시간 강의가 이어져도 정진은 지루한 것을 느끼지 못했다.

메가우스의 강의는 마치 사진으로 찍은 것처럼 머릿속에 입력되었다.

"난 생명의 비밀을 연구하는 그레이 마탑의 마도사인 네

이른이라고 한다."

단상에 서서 자신을 소개하는 회색 로브를 두른 마법사. 자신을 그레이 마탑의 마도사라 소개하는 네이른을 정진은 무덤덤하게 쳐다보았다.

정진이 그동안 본 마도사는 이미 수십에 이르렀으니, 새삼스러울 것도 없었다.

또한 이렇게 아무런 걱정 없이 마도사를 볼 수 있는 데는 이곳 공간의 비밀을 알게 된 것도 한몫했다.

그가 그저 고기나 구워 먹으면 좋겠다고 생각했던 석판이, 사실은 정보를 저장하고 있는 기록물이었던 것이다.

석실에서 본 석판에 담긴 것들을 모두 익히게 된다면 자신도 스승인 제라드나 젝토르와 같은 경지에 오를 수 있다는 것을 깨달은 후, 정진은 하나도 놓치지 않도록 집중하여 단상 위에서 설명하는 마도사들의 이야기를 들었다.

정진이 놀란 또 한 가지는, 바로 이 석판이 단순한 정보 전달을 위한 것이 아니란 것이었다.

석판, 레코더를 만들기 위해서 자신의 앞에 등장하는 이 마도사들은 영혼의 일부를 마나석을 가공한 소울 스톤에 봉인했다.

어떻게 인간이 영혼을 분리한다는 것인지 아직도 이해할

수 없지만, 정진은 자신이 배우고 있는 마도의 위대함을 조금은 알 수 있었다.

"다른 마탑들이 마나를 가공해 속성을 불러내는 마법을 연구할 때, 우리 그레이 마탑은 인간의 육체를 연구했다. 마도는 무궁무진하다. 때문에 마도를 탐구하기 위해서는 수명이 무척이나 중요하다. 그래서 우리는 어떻게 하면 보다 오래 생명을 연장할 수 있는지에 초점을 맞추게 되었다. 그레이 마탑은 생명을 연장해 마도를 연구할 수 있는 기반을 연구하였다."

네이른 마도사의 강의를 들으면 들을수록 정진의 관심은 커져갔다.

인간은 본능적으로 죽음을 두려워한다. 어느 누구를 막론하고 수명 연장에 관한 욕망을 가지고 있다.

위대한 마도를 이룬 마도사들 또한 예외는 아니었다.

역사를 보면 커다란 권력을 가진 황제도, 한 나라를 패망에 이르게 한 독재자도, 힘 있는 자일수록 더욱 불로장생에 대한 욕망을 이기지 못하고 불사의 길을 찾기 위해 세상을 어지럽혔다.

그레이 마탑의 마도사들은 마도를 발전시키기 위한 연구를 오랫동안 하기 위해서 수명 연장에 대해 연구한 것이다.

정진이 불사에 대한 인간의 욕망에 대해 생각하고 있을 때, 네이른은 자신의 연구에 대한 설명을 계속해서 이어갔다.

"우리 그레이 마탑은 몬스터들 중, 레어나 슈페리어들을 주목했다."

"음?"

"마도사들도 그렇지만, 몬스터도 마나를 몸에 지니게 되면 힘도 세지고, 수명도 늘어난다는 것을 알게 되었다."

네이른은 그레이 마탑에서 자신이 연구한 것들에 대해 열정적으로 설명했다.

"하찮은 몬스터도 마나를 몸에 쌓을 수 있는데, 인간이 어찌 쌓지 못하겠는가? 하지만 선천적으로 마법사의 자질을 타고나지 못한 인간은 마나를 느낄 수 없다. 그래서 난 마법사의 자질을 가지지 못하고 태어난 인간도 마나를 느낄 수 있는 방법을 연구하기 시작했다."

네이른의 말이 계속될수록 정진의 놀라움은 커져만 갔다.

마법사가 된 정진은 자신이 조금 전 네이른이 말한 것처럼 선천적으로 마나에 민감한 체질을 가지고 태어났다는 것을 알고 있었다.

그런데 그렇지 못한 일반인도 마나를 느끼고 마법사가 될 수 있는 방법을 연구했다는 그의 말에 놀라지 않을 수가 없었다.

만약 그런 방법이 있다면 두 스승의 염원을 이루는 것은 보다 쉬워질 것이었다.

"하지만 그 연구는 절반의 성공으로 끝났다."

"엥?"

네이른의 말에 정진은 작은 실망을 하였다. 절반의 성공이라는 말은 결국 완전한 성공에는 실패했다는 말이었다.

네이른이 뒤이어 설명을 이어갔다.

"일반인이 몸에 쌓을 수 있는 마나는 겨우 5클래스가 한계였다. 그 이상 강제로 마나를 주입하려 하면 육체가 마나를 감당하지 못하고 붕괴해 버렸다. 물론 육체가 붕괴되는 것을 막을 수 있는 방법이 아주 없는 것은 아니다."

'뭐야, 5클래스의 한계를 극복할 방법이 있어?'

정진이 눈을 동그랗게 떴다.

"하지만 그것은 매우 어렵고도 힘든 일이다. 바로 육체를 보다 단단한 몬스터의 것으로 교체하는 것이다. 단단한 뼈와 질긴 근육, 그리고 생명력이 뛰어난 몬스터의 피로 육체를 개조한다면 충분히 5클래스의 한계를 넘어 6클래스의 마나를 육체에 쌓을 수 있다."

'그게 사람이냐, 몬스터지.'

네이른의 말을 들은 정진은 결론적으로 마법사가 그렇듯 깨달음을 얻어 바디 체인지를 하지 않는 이상, 일반인이 쌓을 수 있는 마나의 한계는 5클래스란 것을 깨달았다.

그런데 네이른의 설명은 아직 끝난 것이 아니었다.

"몬스터의 뼈와 근육, 피로 육체를 바꾼다면 그것을 인간이라고 부를 수 있을까? 난 아니라 생각한다. 그렇기에 난 다른 방법을 찾기로 결심했다. 마법사가 클래스의 한계를 극복해 바디 체인지를 하듯, 일반인도 그런 방법을 찾는다면 충분히 클래스의 한계를 극복하고 또 다른 경지에 오를 수 있을 것이라고 본다. 몬스터 중에서도 그런 객체가 아주 없지는 않다. 바로 챔피언이나 로드급이 바로 그런 객체가 아닌가 생각한다. 같은 종이면서 종의 한계를 뛰어넘어 절대의 힘을 발휘하는 그들을 보면, 분명 방법이 있을 것이다."

네이른은 마치 정진에게 자신의 이론이 맞다는 것을 세뇌하듯 힘을 주어 주장했다.

Chapter 7
아케인 제국의 가드 육성법

경기 북부 파주시.

커다란 야전 천막, 그 안에서는 어깨에 별을 단 장성들과 여러 개의 무궁화를 얻은 영관급 장교들이 커다란 지도를 펼쳐 놓고 회의를 하고 있었다.

이들의 정체는 대한민국 육군 예하 특수부대인 대몬스터 대응군의 사령관과 참모부였다.

대몬스터 대응군은 현재 몬스터에 빼앗긴 경기 북부를 수복하기 위해 몬스터와 전쟁을 벌이고 있는 중이다.

미국에서 들여온 최신 아머드 기어 열 기와 무기형 아티팩트 500개가 부대에 충원되면서, 대몬스터 대응군은 대통령의 명령에 따라 국토 수복 작전을 수행하기 시작했다.

그렇게 국토 수복 작전을 펼치기 시작한 지도 벌써 한 달이 되어가고 있다.

이들은 기존에 있던 장비에 더해 새롭게 보강된 무기들을 속속 지원받았다. 그러면서 몬스터가 더 이상 경기 임진강 이남으로 진출하는 것을 막는 기존의 임무에서, 예전 휴전선 인근까지 몬스터를 소탕하는 수복 작전 수행 임무로 바꾸어 진행하고 있었다.

경기 북부, 즉 휴전선까지 몬스터를 소탕하는 작전을 완료하게 되면 재정비를 하여 서부 전선을, 다시 안정화되면 방향을 틀어 동부 전선, 그러니까 몬스터 소굴이 된 강원도로 작전지역을 넓힐 계획이었다.

"김 대령, 현재 어디까지 진출해 있나?"

장성필 소장이 작전참모인 김응교 대령에게 물었다.

"예, 현재 저희 군은 임진강 남쪽으로 탄현면과 월롱면, 그리고 광탄면을 수복한 상태입니다."

김응교 대령은 지금 임시 사령부가 꾸려진 파주시 북부에 있는 세 개의 면을 지도에 짚어 보였다.

"작전 수행상 문제는 없나?"

"현재까진 별다른 애로 사항은 없습니다. 다만, 광탄면에

헌터 프론티어

서 쫓긴 몰록 무리 일부가 개명산으로 숨어버렸습니다."

"그래? 음, 그럼 2개 중대를 파견해 처리하도록 해."

장성필 소장이 지시하자, 옆에 서 있던 부대 부사령관인 이한영 준장이 나섰다.

"사령관님, 그건 너무 위험합니다. 개명산은 어떤 몬스터가 있을지 아직 밝혀진 바가 없습니다. 자칫 잘못하다가는 어렵게 양성한 부대원들을 잃을 수도 있습니다."

이한영 준장은 장성필 소장의 결정을 반대하고 나섰다.

다른 곳도 아니고 개명산이다. 개명산은 파주 일대에 있는 산들 중 가장 험한 지형을 가지고 있었다. 거기다 그 안에 어떤 몬스터가 서식하고 있는지 아직 보고된 것이 없어, 신중한 판단이 필요했다.

또한 군 사령부의 원칙상 이런 지역에 몬스터 대응군을 보낼 때는 연대 단위로 파견하는 것이 맞다.

겨우 2개 중대 병력만 파견한다는 것은 어불성설이었다.

"만약 소탕에 실패하면 서울로 들어갈 수도 있습니다. 작전 인원이 부족해지면 위험할뿐더러, 몬스터의 잔여 세력도 파악하기 어려울 것입니다. 차라리 작전이 늦어지더라도 확실하게 처리하고 가는 것이 좋다고 생각합니다."

이한영 준장의 말처럼 이곳은 조금만 내려가면 도봉산이

고, 그 밑으로 북한산이 연결이 된 위치였다.

만약 완벽하게 소탕을 하지 못하게 되면 그대로 산을 따라 몬스터가 서울로 진입할 수도 있었다.

이한영 준장은 그 점을 상기시키며, 최악의 상황을 상정해 자신의 생각을 사령관인 장성필 소장에게 어필했다.

"음, 그렇게 될 수도 있겠군."

장성필 소장이 고민하듯 턱을 만졌다. 그때, 듣고 있던 김웅교 대령이 입을 열었다.

"사령관님, 이러면 어떻겠습니까?"

"뭔가?"

"몬스터를 퇴치하는 것을 굳이 저희만 하는 것은 아니지 않습니까? 저희 부대가 몬스터 퇴치에 특화되었다고 하지만 모든 몬스터를 감당할 수는 없습니다."

"그렇지."

"인근 군부대에 지원 요청을 하면 어떻겠습니까?"

"뭐? 지원 요청을 하자고?"

김웅교 대령의 말에 장성필 소장이 맘에 들지 않는다는 듯 반문했다. 한쪽에 있던 이한영 준장 또한 남몰래 살짝 미간을 찌푸렸다.

그도 그럴 것이, 대한민국 특수부대 중 최강의 전력을 자랑하는 대몬스터 대응군이, 다른 것도 아니고 몬스터 잡는 일에 일선 부대의 지원을 요청한다는 것이 자존심이 상했기 때문이다.

그러나 작전참모로서 김응교 대령은 장성필 소장을 설득했다.

"현재 우리 국토 중 몬스터에 점령되어 정부의 영향력이 미치지 못하는 지역은 아직도 많습니다."

"그렇지, 우리가 수복해야 할 지역은 아직도 많이 남아 있지……."

장성필 소장은 김응교 대령의 말에 고개를 끄덕였다.

자신들이 수복해야 할 국토는 앞으로도 많이 남아 있었다.

현재 자신이 지휘하는 몬스터 대응군의 전력이 막강하다 하지만, 전 국토에 퍼진 몬스터에게서 국토를 수복하기는 아직도 요원하다.

국토 수복 작전은 장기적으로 철저하게 이루어져야 할 일이었다.

새롭게 전력이 강화되어 잠시 흥분한 탓에 멀리 보지 못했다. 장성필 소장은 마음을 가라앉히고 지도를 보며 고심했다.

그러고는 이내 고개를 끄덕이며 말했다.

"육본에 무전 넣어."

"알겠습니다."

회의실 안에 있던 통신장교가 육군본부에 빠르게 회의 결과를 전달했다.

✝   ✝   ✝

부우웅!

얼룩무늬 위장을 한 군 수송 차량들이 개명산 남서쪽 오동골에 속속 들어왔다.

이들은 개명산으로 도망친 몰록 무리를 퇴치하기 위해 출동한 몬스터 대응군 3여단 2대대 병력이었다.

몬스터 대응군은 기본적으로 중대 단위로 편성하는데, 아머드 기어 2기와 대몬스터 병기인 중화기로 무장을 한 12명의 전투원, 전술 차량과 행정 등 48명의 지원소대로 구성되어 있다.

하지만 지금 출동한 2대대는 새롭게 무기형 아티팩트가 나오면서, 아머드 기어 두 기를 다른 부대로 이관하고 무기형 아티팩트로 무장을 꾸린 부대였다. 이 과정에서 부대가 완전히 탈바꿈하였다.

2대대뿐만 아니라 3여단 소속 1대대와 3대대 일부 병력도 이번에 도입된 무기형 아티팩트로 무장을 하면서, 부대의 작전 수행 임무가 일부 변경되었다. 오늘처럼 산악 지형에서의 전투에 집중된 임무였다.

이는 아머드 기어와 같은 중장비가 없기에 뛰어난 기동성을 바탕으로 산악 지형에서 몬스터를 추적하고 섬멸하는데 주력할 수 있기 때문이다.

지금도 도망친 몰록 무리가 남쪽으로 이동하기 전에, 미리 앞을 막을 막아 소탕하는 임무를 받고 오동골에 집결한 것이었다.

"빨리빨리 움직여!"

타다다닥!

"뭐하나, 도착을 했으면 드론을 띄워야 할 것 아냐! 추적 안 할 거냐?"

오동골에 도착한 몬스터 대응군은 신속하게 각자 자신이 맡은 임무를 수행하기 위해 분주히 움직였다.

지원 임무를 맡은 부대원들은 신속하게 오동골에 작전 본부를 세우고, 전투부대원들은 각자 전술 차량에서 내려 자신의 장구류를 점검했다. 혹시나 빼먹은 것은 없는지 확인하는 것이다. 만약 부대에 빼놓고 온 것이 있다면 지원부대에 보급을 받아둬야 하니 점검은 필수였다.

끼익!

그때 한국형 소형 전술 차량인 K—131 한 대가 나타나 정차했다.

탁!

전술 차량의 문이 열리고, 중무장한 군인들이 내리기 시작했다.

끼익! 탁! 철컹! 철컹!

"제길!"

"왜, 또?"

"여긴 땅이 또 지랄이네!"

차에서 내린 중사 한 명이 자신의 발에 달라붙는 진흙을 들어 보이며 인상을 구기며 투덜거렸다.

"군인이 전장의 상태가 나쁘다고 투덜거리면 쓰나?"

옆에서 동기가 불만을 토하자, 정한은 살짝 미소를 지으며 그를 달랬다.

물론 자신의 동기인 진한은 전장 상황에 불만이 있어 투덜거리는 것이 아니다.

그는 조금 뒤면 몬스터와 피 튀기는 전투를 벌여야 한다는 사실 때문에 긴장하고 있을 후임들을 걱정해서, 긴장을 풀어주기 위해 농담을 던진 것이었다. 정한도 그것을 알기에 그렇게 되받아친 것이다.

"누가 뭐라냐? 그냥 그놈들을 놓친 4연대 놈들이 짜증나서 하는 소리지."

"맞습니다. 그 새끼들은 아머드 기어까지 충원했으면서 몬스터를 흘린답니까?"

정한과 진한의 이야기를 듣고 있던 후임 하나가 두 사람의 말에 끼어들며 말했다.

"하, 이 새끼. 빠져가지고는, 고참들 이야기하는데……."

"아따, 이 중사님. 저도 갈매기 한 마리 더 얹었습니다."

함께 타고 온 차량에서 내린 후임도 정한이나 진한과 같은 계급인 중사였다.

부사관도 기수가 있기에 그 위계질서가 있다.

그렇지만 특수 임무를 수행하는 이들이다 보니 무조건적인 상명하복에서는 조금 벗어나 있었다. 더욱이 작전이 들어가기 전에는 지나친 긴장을 풀기 위해 조금은 느슨한 모습을 보이는 것이다.

진한은 깐죽거리며 농담을 건네는 권진국을 보고, 그의 뒤통수를 한 대 후려쳤다.

"악!"

"요 새끼. 이 새끼가 동기들 중에서 제일 빠졌다니까. 2중대 박 하사는 안 그러는데. 이 새끼는, 어휴……."

뒤통수를 어루만지던 권진국이 짐짓 이진한을 향해 눈을 부라렸다.

"이 중사님, 자꾸 이러시면 나중에 국물도 없습니다."

"뭐야? 어휴, 내가 어쩌다 코를 꿰여 가지고……."

이진한 중사는 말을 하다 말고 기가 막히다는 듯 고개를 흔들었다.

주변에서 그들을 보고 있던 이들이 미소를 지었다.

기수로는 이진한이 권진국의 선임이지만, 사실 집에 돌아가면 그 관계가 역전된다.

이진한 중사는 아내가 있다. 아직 결혼식은 올리지 않았지만, 이미 양가 허락을 받고 함께 지내고 있다. 원래는 얼마 전 식을 올리기 위해 준비하고 있었는데, 그사이 국토 수복 작전이 실시되어 식을 미뤄야 했다.

그런데 그 이진한 중사의 아내가 바로 권진국의 여동생이었다. 권진국의 말은 집에 돌아가면 처남 노릇을 단단히 할 거라는 협박의 한마디인 것이다.

"정한아, 넌 나처럼 코 꿰지 마라. 피곤하다."

"하하하, 그 말 제수씨한테 그대로 전해 줄까?"

"어? 이거, 이거. 지금 제가 무슨 소리를 들은 겁니까?"

정한과 권진국은 연합을 맺은 것처럼 진한을 마구 몰아갔다. 그렇게 그들이 농담 따먹기를 하며 긴장을 풀고 있을 때였다.

― 집결!

멀리서 확성기 소리가 들려왔다.

"야, 야. 그만 떠들고 가자."

"그래."

정한들을 포함해 여기저기 퍼져 쉬고 있던 몬스터 대응군이 질서정연하게 모였다.

앞으로 나온 몬스터 대응군 3여단 2대대장이 커다란 지도를 펼치고, 이곳저곳을 가리키며 작전 계획을 설명하기 시작했다.

"이곳 개명산으로 도망친 몰록의 숫자는 스물세 마리다. 1중대는 여기서 골짜기를 따라 개명산 쪽으로 올라가며 수색을 한다. 그리고 2중대는 형제봉 쪽으로 올라가면서 수색, 몰록을 찾지 못하면 1중대에 합류한다. 3중대는 2중대와 함께 형제봉까지 수색하며 이동하다가 대원정사 방향으로 수색한다. 4중대는 혹시 모르니 1중대의 뒤를 따라가며 놓친 것이 없는지 확인한다. 알겠나?"

"알겠습니다!"

조금섭 중령의 말에 부대원들은 큰 소리로 대답을 하였다.

"이봐, 최 중위. 석현리 쪽은 통제 잘 되고 있나?"

"예, 그쪽은 72사단에서 막고 있습니다."

"그래, 다들 확실하게 처리한다."

작전 브리핑이 끝나자, 그들은 파워 슈트와 신형 크로스보우, 그레이트 소드 등 각자 자신에게 지급된 아티팩트들을 챙겨 각자 맡은 지역으로 이동하기 시작했다.

† † †

"그러니까 네 말은, 이것이 우릴 지금보다 더 강하게 해줄 것이란 말이냐?"

이정진은 자신의 앞에 놓인 커다란 석판을 내려다보며 생각에 잠겼다.

'이게 무엇이기에 그런 소리를 하는 것이지? 허튼소리를 하는 것 같지는 않은데…….'

헌텅 프론티어

"그동안은 몸에 마나를 축적하기만 했잖아요?"

정진은 팀 아케인 멤버들이 마나 집접진에서 명상해온 것을 언급하며 설명을 시작했다.

"전에 제가 이곳 뉴 어스에 있던 고대 마도 제국의 마법 문명을 계승했고, 많은 유물을 받았다는 것은 말씀드렸었죠."

"그래, 그런 이야기를 했지."

"이것도 그중 하납니다."

"응?"

"아케인 제국에선 마법사를 양성할 때 특별한 방법을 사용하는데, 쉽게 말하면 그 방법은 바로 수면 학습법입니다."

"뭐? 수면 학습법?"

"네."

정진이 아래에 있는 석판이 수면 학습과 같은 효과를 내는 도구라 설명하자, 옆에 앉아 있던 김지웅이 고개를 갸웃거리며 물었다.

트롤의 기습으로 커다란 부상을 당했던 그는, 정진의 치료 마법과 캠프에 있던 포션으로 하루 만에 이렇게 둘러앉아 이야기를 할 수 있을 만큼 회복된 것이다.

"TV에서 떠드는 효과도 별로 없는 그런 것이 아니라, 이것은 실제로 시간의 한계를 뛰어넘기 위해 마법이란 이능을 통해 정신에 직접적으로 작용하는 교육법입니다."

"위험하진 않을까?"

김지웅은 우려 섞인 표정으로 석판을 내려다보았다.

"아무런 위험도 없습니다. 이것은 예전에 제가 아무런 능력도 없던 때, 단기간에 마법이란 능력을 가지게 된 학습법입니다."

정진은 자신이 능력을 가지게 된 과정을 들려주었다.

지웅과 팀 아케인 멤버들은 정진의 이야기를 듣고 저마다 고개를 끄덕였다.

그동안 아무리 생각해도 정진이 그렇게 짧은 기간에 이토록 엄청난 능력을 가지게 된 것이 이해가 되지 않았다.

모든 것에는 그 능력을 얻기까지의 노력과 시간이 필요한 것이 상식이다. 그것이 마법이라고 해도 말이다.

만약 신이 있어 능력을 주었다고 한다면 말이 될 수도 있겠지만, 그것은 정말로 신화 또는 전설이거나, 이야기를 꾸며내기 좋아하는 이들이 사람들의 흥미를 끌고, 이야기가 신비로워 보이도록 하기 위해 중간 과정을 생략한 이야기일 것이다.

그런데 특별한 학습법을 이용했다고 하니 비로소 정진이 단기간에 마법 능력을 갖게 된 것이 이해가 되었다.

"물론 이것으로 학습만 한다고 강해지는 것은 아닙니다."

"그러면?"

"이것은 말 그대로 학습만 시켜줍니다. 배운 것을 실제 몸으로 익혀야 합니다."

"아, 그러니까… 네 말은 이것으로 배우고 나중에 몸으로 익혀야 한다는 말이지?"

"네, 맞아요. 이 안에는 형님들이 단순히 명상으로 축적하던 마나를 훨씬 더 효율적으로 수련하는 방법이 들어 있어요."

"뭐야, 설마 막 장풍도 쏘고, 칼에서 검기도 나오고 그러는 거냐?"

정진의 설명을 듣던 김지웅이 문득 장난기가 발동해 말했다. 중국 무협 영화에서처럼 무술 고수가 되어 손에서 장풍도 쏘고, 검에 기를 주입하여 무엇이든 절단할 수도 있냐는 말이었다. 물론 김지웅은 농담으로 한 말이었다.

하지만 정진은 그 말에 진지하게 대답했다.

"장풍은 모르겠지만 검기 비슷한 것은 가능할 거 같네요."

"뭐? 그게 정말이야?"

"물론이죠. 이것은 아케인의 마도사들이 마탑을 지키고, 또 자신들의 신변을 보호할 가드를 양성하기 위해 만든 것입니다. 물론 처음부터 가드를 만들기 위해 연구한 것은 아니고, 일반인도 특별한 능력을 가질 수 있는 방법을 연구하다 나온 수련법이에요. 형님들이 익히신다면 지금과는 비교도 되지 않을 정도로 강해질 거예요."

강해진다는 정진의 말에 김지웅을 비롯한 팀 아케인 멤버들의 눈이 무척이나 반짝였다.

헌터가 아닌 일반인들조차 힘에 대한 욕망은 누구나 가지고 있다. 육체적 힘이든, 권력이든, 돈과 같은 물질이든, 무언가를 바꾸거나 지배할 수 있는 능력을 사람들은 원했다.

그것을 힘[Power]이라 한다.

고대로부터 지금까지, 사람이라면 누구나 기를 쓰고 그 힘을 얻기 위해 노력해 왔다. 시대가 바뀌어도 그 시대에 맞는 또 다른 힘이 등장하고, 그 시대의 사람들은 그 힘을 가지기 위해 죽음도 불사하는 모습이 반복된다.

그리고 지금 팀 아케인 멤버들 눈앞에, 그 힘을 가질 수 있는 방법이 놓여 있었다. 욕심이 나지 않는다면 거짓말이다.

"알겠다, 어떻게 하면 되냐?"

이정진이 상당히 진지해진 얼굴로 정진을 바라보며 물었다. 말은 하지 않았지만 다른 멤버들의 표정 또한 마찬가지였다.

정진은 그런 그들의 모습에 미소를 지으며 대답했다.

"뭐, 별거 없어요. 주무실 때 이것을 작동하시고 주무시면 됩니다. 그럼 그때 이게 어떤 건지 아시게 될 거예요."

팀 아케인 멤버들은 다시 한 번 정진이 들고 있는 석판을 내려다보았다. 아직도 저것으로 어떻게 학습을 한다는 것인지는 감이 오지 않지만, 정진이 하는 말이니 거짓은 아니리라.

정진은 그들의 표정이 마치 처음 제라드에게 레코더를 통한 학습법을 배우던 자신의 모습처럼 보여 자꾸 웃음이 나왔다.

"아, 당분간 잠은 방이 아닌 마나 집접진이 있는 곳에서 주무세요. 이것을 작동시키기 위해서 마나가 필요한데, 그러려면 마나 집접진을 이용하는 게 좋을 것 같아서요. 집접진 위에서 주무시는 게 이것의 효과를 최대한 볼 수 있을 겁니다."

당분간 안락한 침대에서 잠들 수 없다는 말에, 팀 아케인 멤버들은 슬픔을 감추지 못했다. 그래도 정진의 말이 끝나자 이정진이 고개를 끄덕였다.

"알겠다, 네가 그렇게 말을 한다면 그런 것이겠지. 네 말대로 당분간 조금 불편하더라도 마나 집접진에서 잠을 잘 수밖에……."

다른 멤버들도 어딘지 쓸쓸한 얼굴로 고개를 끄덕였다.

저녁이 되고, 팀 아케인 멤버들은 마나 집접진이 있는 방에 모였다. 마나 집접진은 커다란 홀처럼 생긴 방에 있어, 모두 모여 있어도 불편하지 않았다.

그런데 방에 들어서니, 전에는 보지 못했던 물건이 마나 집접진 위에 있는 것이 보였다.

그것은 바로 침대였다. 커다란 홀 가운데 머리를 마주하고 둥그렇게 모여 있었다.

"어?"

들어서던 팀 아케인 멤버들은 모두 침대들을 보고 놀라워하는 동시에 화색이 되었다.

당분간 땅바닥에서 잠을 자야 할 것이라 생각해 아쉬워하면서도 나름 각오를 다지고 있었는데, 막상 침대에서 잘 수 있다고 생각하니 반가운 마음이 들었다.

정진은 이미 알고 있었다는 듯 웃으며 멤버들을 바라보았다.

"편안한 숙면이 학습에도 좋으니까요. 자, 어서들 누우세요."

정진이 침대를 가리키자, 멤버들은 뭐에 홀린 것처럼 각자 마나 집접진 가운데 놓인 침대 위에 누웠다.

팀 아케인 멤버들이 모두 각자 지정된 침대에 눕자, 정진은 침대들이 모여 있는 중심에 가지고 있던 석판을 가져다 놓았다.

그리고 석판을 활성화시켰다.

"인비거레이션(Invigoration)!"

석판에 마나 집접진의 마나가 흘러 들어갔다. 그러자 석판에서 밝은 빛이 흘러나오며, 마나 집접진 주변을 덮었다.

침대에 누워 정진이 하는 모습을 지켜보던 이정진은 침대 주변이 밝은 빛에 휩싸이는 모습을 신기한 마음으로 바라보다 정신을 잃듯 까무룩 잠이 들었다.

탕! 탕! 탕!

그러고는 뭔가 두들기는 소음에 눈을 떴다. 그의 눈에 커

다란 덩치의 근육질 남자가 자신을 내려다보고 있는 모습이
보였다.

"언제까지 잠을 잘 것인가?"

"네?"

"어서 일어나라. 가드가 되기 위해선 네가 배워야 할 것
이 많다."

근육질 남자는 더 이상 아무런 말도 하지 않고 방을 빠져
나갔다.

그런 남자의 모습에 이정진은 어리둥절하며 주변을 돌아
보았다.

"뭐야, 뭐가 어떻게 된 거야? 그리고 여긴 어디야?"

"아직도 따라오지 않고 뭐하나!"

"아, 예."

저만큼 걸어가던 사내가 그를 돌아보고 소리쳤다. 이정진
은 얼른 자리에서 일어나 그를 따라갔다.

사내를 따라가 도착한 곳은 커다란 연무장이었다. 마치
고대 로마 시대의 검투사를 양성하는 장소와 비슷한 모습이
었다.

이곳에서 뭘 어떻게 한다는 걸까? 이정진은 고개를 갸웃
거렸다.

"뭘 그리 두리번거리는 것이냐? 어서 준비하지 않고!"

조금 전부터 이상한 말을 하고 있는 남자에게 이정진은 순간 무슨 말을 해야 할지 잠시 망설였다. 하지만 언제까지 상황이 벌어지는 대로 끌려갈 수만은 없는 노릇이다.

이정진이 용기를 내어 질문을 하였다.

"이곳은 어디입니까? 그리고 이곳은 무엇을 하는 곳입니까?"

"허, 이런……."

이정진의 질문에 사내는 잠시 당황하는 듯했다.

하지만 그것도 잠시, 고개를 끄덕이고 대답했다.

"이런… 몸에 축적된 마나의 양을 보고 하급은 지났을 것이라 생각했는데, 아니었나 보군."

말을 하던 사내는 이정진에게 손짓을 하며 자신의 앞으로 불렀다.

"기초도 없이 어떻게 이정도 마나를 몸에 축적한 것인지 의문이지만, 아무것도 모른다고 하니 조금 설명을 해주마."

사내는 앞으로 팔짱을 끼고 서서 설명을 이어갔다.

"이곳은 마도사님들의 손발이 될 가드들을 양성하기 위해 만든 가상의 공간이다. 난 가드를 양성하는 교관인 그레이엄이다."

철판을 덧댄 가죽과 천으로 이루어진 옷은 언뜻 투박하기도 했지만, 강인해 보이는 그레이엄의 인상과 어울려 오히려 더 당당해 보였다.

그가 정진이 설명한 수면 학습법 속 스승임을 이해한 이정진이 고개를 끄덕였다.

"네게 맞는 마나 연공법을 가르칠 것이고, 그에 맞는 무기술도 가르쳐 줄 것이다. 잘 따라와 훌륭한 가드가 되어 마도사님들을 돕기 바란다."

할 말을 끝낸 그레이엄은 잠시 이정진이 무엇을 더 들어야 할지 생각하는 듯하더니, 곧 입을 열었다.

"보아하니 마나에 대한 기본적인 것도 모르는 모양이군. 이 세상은 마나로 둘러싸여 있다. 마나는 모든 것을 이루는 법칙이자 물질, 즉 공기나 물 같은 것이다."

이정진은 마치 무협지에서 흔히 하는 말을 듣는 것 같았다. 기가 마나라는 단어로 바뀌어 있을 뿐.

"마나 연공법은 그런 마나를 신체로 받아들여 축적하는 것을 말한다."

이정진은 갑자기 자신의 몸에 이상한 기운이 흐르는 것이 느껴졌다.

'뭐지?'

시원한 물 같으면서도 부드러운 무언가가 모공을 통해 몸 전체로 들어오는 듯했다. 그는 조금 놀랐지만 그것은 편안하면서도 기분 좋은 느낌을 주었다.

이정진은 그 기운이 무엇인지 금방 알 수 있었다.

바로 마나였다. 마나 집접진에서 명상을 할 때도 가끔 느끼던, 자신의 몸을 깨우며 몸에 활력을 주던 기운이었다.

마나가 몸에 들어오는 느낌을 음미하며 눈을 감는 이정진의 귀에 그레이엄의 설명이 계속해서 들렸다.

"신체로 들어온 마나를 회전시켜라. 마나를 회전시켜, 돌리고 돌려 모든 신체에 골고루 퍼뜨리는 거다. 마나가 모든 신체에 퍼지게 되면, 네 몸에 있는 세포 하나하나가 모두 깨어나 이전과는 새로운 존재로 깨어날 것이다."

'새로운 존재? 무슨 소리지?'

의문을 가지면서도 이정진은 자신의 몸속에 들어온 마나를 방금 전 그레이엄이 말한 것처럼 회전시켜 신체 전체로 퍼뜨리려 노력을 하였다.

하지만 그것은 쉽지 않았다. 몸속에 느껴지는 기운은 말 그대로 그저 느껴질 뿐, 그의 의도대로 움직일 생각을 하지 않았다. 그저 들어온 그대로 미미하게 유동하고 있을 뿐이었다.

이정진은 차츰 그레이엄의 목소리에 귀를 기울이던 것도 잊고, 모든 정신을 마나를 움직이는 것에 집중했다.

그러나 아무리 마나를 움직이려 노력을 해도, 마나는 이정진의 뜻을 따라주지 않았다.

그저 몸 밖에서 계속해서 유입되는 기운만 느껴졌다. 마나는 이정진의 생각에는 별 관심 없다는 듯 몸속에 들어온 뒤에는 변화가 없었다.

그는 마나를 어떻게든 움직이려던 생각을 멈추고, 마나 자체에 집중하려고 노력했다.

그러자 조금씩 마나가 유동하고 있는 방향이 보였다.

이정진은 마나가 움직이는 방향으로 집중하여 다시 한 번 마나를 움직이려 했다. 그러나 마나는 여전히 그의 생각대로 따라주지 않았다.

결국 이정진은 다시 마나를 관찰하는데 모든 정신을 집중했다.

얼마나 시간이 흘렀을까?

이정진은 마나의 움직임을 하나도 놓치지 않고 집중해 관찰했다.

분명 그레이엄은 몸속으로 들어오는 마나를 움직여, 신체에 퍼뜨리라고 했다. 몸 전체를 활성화하라는 것이었다. 분명 불가능한 것을 지시한 것은 아니리라. 그러나 마나는 그의 뜻대로 조금도 움직이지 않는다. 그렇다면 어떻게 해야 하는 것일까?

마나를 관찰하던 이정진은 몸에 완전히 들어온 마나는 조금씩 유동할 뿐 움직이지 않지만, 들어오고 있는 마나는 움직이고 있다는 점에 착안했다.

그는 지금까지와는 다르게 마나 전체를 움직이려고 하지 않고, 몸에 막 들어온 마나의 한끝에 정신을 집중하며 움직여 보려고 하였다.

그런데 웬걸, 지금까지 꼼짝 않던 마나가 약간이지만 변화를 일으켰다.

그동안 전혀 변화가 없던 것과 다르게 이정진이 움직이기를 원하는 방향으로 방향을 틀었던 것이다.

'그렇구나, 마나 전체를 움직이려고 하니 안 되는 것이었어.'

작은 변화였지만 그는 포기하지 않고 조금 더 집중하여 더욱 작은 마나부터 움직이려고 시도했다.

그렇게 이정진은 서서히 마나 연공법을 터득해 갔다.

✝   ✝   ✝

"네가 그레이트 소드를 주 무기로 사용한다고 했으니, 그 사용법을 알려주겠다."

그레이엄은 그렇게 말을 하고 연무장 왼쪽에 마련된 거치대에서 커다란 그레이트 소드를 들고 왔다.

두 손으로 굳게 쥔 그레이트 소드의 손잡이를 들어 그레이트 소드를 높이 쳐들었다.

그리고 그것을 빠르게 아래로 내려쳤다.

"그레이트 소드는 일반 검과는 그 용법이 다르다. 생김새와 무게 때문에 빠른 공격이나 반격이 힘들기 때문이다. 무조건 일격 필살, 단 한 번이라도 적에게 치명적인 공격을 반드시 성공시키는 데 초점을 맞춰야 한다. 한 번에 모든 힘을 모아, 작은 한 면에 그 힘을 집중시킨다는 생각으로 휘두르는 것이다."

그레이엄은 거대한 그레이트 소드를 가볍게 들어 올려 눈부신 속도로 검을 내려쳤다가, 다시 당겨 앞으로 찌르고, 연속으로 허리를 틀어 횡으로 휘둘렀다.

붕! 붕!

그때마다 검이 바람을 가르는 소리가 크게 울리며, 마치 공간이 절단되는 듯한 모습을 연출했다.

이정진은 그레이엄의 시범을 보며 놀라움을 감출 수 없었다. 자신도 동작을 비슷하게 따라할 수는 있다.

하지만 그레이엄이 휘두르는 그레이트 소드에서는 단순히 동작의 선에서 느껴지는 거셈과는 다른 어떤 힘이 느껴졌다.

동작을 멈춘 그레이엄이 다시 자세를 잡으며 말했다.

"마나 연공법대로 몸속에 축적한 마나를 움직여 검에 흘려 넣는다."

갑자기 그레이엄이 기합을 질렀다.

"하압!"

그러자 그레이엄이 들고 있던 그레이트 소드의 블레이드에 푸른색의 빛이 모이기 시작했다.

그레이엄이 다시 검을 휘둘렀다. 방금 전과 똑같은 동작이었으나, 이번에는 검을 휘두른 전면을 향해 푸른빛이 마구 쏟아졌다.

콰과광!

연무장 전면을 막고 있던 벽에 커다란 구멍이 뚫렸다.

"헉, 어떻게!"

이정진이 놀라 소리쳤다.

그레이엄이 들고 있던 검은 벽과 한참이나 떨어져 있었

다. 검을 멀리 떨어진 곳에서 휘두른 것만으로 벽을 뚫어버리 정도의 공격을 가한 것이다.

'정말 가능한 일이었구나.'

말은 하지 않았지만, 지웅의 농담에 정진이 고개를 끄덕이며 고대 마도 제국의 기사나 가드들에 대한 이야기를 들려주었을 때는 믿지 않았다.

그저 자신들을 강하게 만들어준다는 말에, 따라서 손해볼 것은 없다는 판단으로 동조했을 뿐이지 완전히 믿은 것은 아니었는데, 지금 눈앞에 정진이 했던 말대로 소설 속에서나 나올 법한 기술이 펼쳐졌다.

물론 소설은 상상과 허구를 바탕으로 이루어진 내용이지만, 뉴 어스의 세계에 살고 있는 생물 중에는 판타지 소설에나 등장할 법한 몬스터들이 많았다. 아니, 뉴 어스 자체가 그러하다.

그러나 현실에 몬스터가 돌아다니고 있다 한들, 방금 본기술 같은 것을 사용하는 사람은 전혀 없었다.

그때, 그레이엄이 새삼스럽게 왜 그러냐는 듯 말했다.

"뭘 그리 놀라는 거냐. 익스퍼트만 되도 충분히 할 수 있는 기술인데."

방금 그가 갖고 있던 상식을 뒤엎어 버린 사람의 대사치고는 너무나 태연했다.

이정진은 다시 한 번 놀라고 말았다.

"이게 누구나 가능한 것이란 말씀이십니까?"

"물론이다. 이건 그렇게 어려운 기술이 아니야. 물론 유저를 지나 익스퍼트에 들어서지 않는다면 펼칠 수 없겠지만, 네가 가진 마나 정도면 충분히 가능한 기술이다."

그레이엄은 당연하다는 듯 조금의 망설임도 없이 고개를 끄덕였다.

"헉……."

이정진은 도저히 감을 잡을 수가 없었다. 그레이엄의 말과 그가 가지고 있던 생각 사이의 괴리감 때문이었다.

방금 전 그레이엄이 보인 것은 무협지에 나오는 고수들이 사용하는 탄강이란 기술과 비슷해 보였다.

탄강은 기를 뭉쳐 강기로 만들고, 그것을 다시 환으로 만들어 멀리 떨어져 있는 적을 공격하는 기술이다.

탄강을 사용하기 위해서는 화경을 넘어 현경은 되어야 한다는 것이 무협지에서의 정설이다. 판타지 소설로 따지면 마스터를 지나 그랜드 마스터가 되어야 한다고들 한다.

이정진은 소설들에 나온 내용을 기반으로 줄곧 생각하고 있었다.

그래서 검에 검기를 씌우고, 그것이 발전해야 그레이엄이 날린 것 같은 검강이 된다고 생각했는데, 그게 아닌 모양이었다.

"네가 나중에 한계를 뛰어넘게 되면, 지금처럼 요란한 광경을 펼치지 않고도 벽을 잘라 버릴 수 있을 것이다."

"네?"

"난 가드의 한계를 뛰어넘지 못했기에 가진 힘을 집중하지 못하고 이렇게 커다란 구멍을 냈지만, 한계를 뛰어넘어 마스터의 경지에 이른 가드는 같은 힘으로 저렇게 커다란 구멍이 아니라 바늘구멍처럼 조그만 구멍을 낼 수 있다."

그 말을 들은 이정진은 깨달은 바가 있는지 고개를 끄덕였다.

그는 아마 방금 그레이엄이 말한 바늘구멍처럼 작은 구멍을 내는 것이 자신이 생각한 탄강과 비슷하겠다고 이해했다.

한편, 자신도 그레이엄이 펼쳐 보인 것 같은 기술을 쓸 수 있다는 기대와 자신감이 가슴속 깊은 곳에서 서서히 피어나기 시작했다.

김지웅은 가부좌를 틀고 앉아 명상에 잠겨 있었다.

눈을 감고 명상을 하자 귓가를 울리던 소음들이 하나둘 사라지기 시작했다.

의식이 저 깊은 어둠 속으로 가라앉으며, 소음이 완전히 사라지자 그가 느끼고자 하던 마나가 보다 또렷하게 감지되었다.

보통 명상이라고 하면 불교에서 말하는 무념무상의 상태에 이르는 것을 말하지만, 지금 김지웅이 하는 명상은 그것과는 사뭇 달랐다.

그것은 고대 아케인 제국에서 일반인을 가드로 만들기 위해 사용하던 마나 연공법을 깨우치기 위해 하는 명상이었다. 마나를 느끼고 몸에 들어오도록 유도하는 명상이다.

이미 이 상태에 진입하는 것은 밥을 먹는 것보다 더 쉽게 할 수 있었다.

하지만 실전에서는 좀처럼 이렇게 집중할 수 없었다.

레코더를 통해 잠들었을 때가 아닌, 현실에서도 이런 상태가 될 수 있도록 하기 위해 노력한 지도 벌써 일주일이 되고 있다.

'오늘은 기필코 성공한다.'

김지웅은 사실 팀원들 보기가 너무도 미안했다.

저번 트롤 사냥 중 자신이 방심하다 그만 부상을 입은 탓에, 팀 아케인은 일주일 동안 사냥을 나가지 못하고 각자 다른 일을 하고 있었다.

물론 수련을 하고 있으니 헛된 시간 낭비는 아니지만, 돈을 벌기 위해 위험을 무릅쓰고 뉴 어스에 넘어온 헌터들에게 사냥도 하지 않고 일주일이나 한 자리에 있는 것은 큰 손해였다.

더욱이 이곳은 안전한 집이 아닌, 몬스터가 서식하는 뉴 어스의 숲속이다. 타라칸 덕에 다른 몬스터의 습격이 없는 안전한 곳이라 해도, 편의 시설 하나 없는 지루하고 답답한 곳이다.

그렇기에 그는 하루라도 빨리 지금 익히고 있는 마나 연공법과 무기술을 능숙하게 익힐 수 있도록 수련을 거듭하고 있었다.

"무턱대고 기운을 움직이려고 하지 말고, 몸속으로 들어오는 기운의 한끝을 잡고 회전을 시킨다는 느낌으로 생각을 집중해봐."

지웅은 팀장인 이정진이 했던 말을 상기하며, 자신의 몸속으로 들어오는 마나의 흐름을 파악하기 위해 집중했다.

'그렇지!'

따뜻하고 서늘한 기운이 피부에 닿더니, 모공을 통해 들어오는 것이 느껴졌다.

여기까진 늘 성공해 왔다. 그는 조심스럽게 몸으로 들어온 마나의 흐름을 눈여겨보았다.

어제도 그는 여기서 성급하게 덤벼들다가 실패를 했다.

김지웅은 성급하게 덤비지 않고 더욱 집중하여 마나의 흐름을 지켜보고, 흐름의 종착지를 파악하기 위해 노력하기로 결심했다.

계속해서 지켜보니, 몸 안으로 들어온 마나들이 일정한 움직임을 보이고 있다는 것을 느낄 수 있었다.

소설을 보면 보통 배꼽 아래 하복부 지점, 단전에 기가 모인다고들 한다.

그런데 마나들은 단전으로 모이지 않았다. 몸속으로 들어온 뒤 조금씩 유동하며 심장으로 모여들고 있었다.

'왜 심장에 모이는 것이지?'

의문을 가진 지웅은 계속해서 마나의 움직임을 관찰했다.

심장에 모여들던 마나는 기도를 통해 올라오더니 입과 코를 통해 밖으로 빠져나갔다.

'뭐지? 다 빠져나가고 있는데?'

김지웅은 자신도 모르게 기도로 올라가 빠져나가는 마나가 아깝다고 생각했다. 다시 심장으로 돌아갔으면 하고 생각하며, 마치 주인의 말을 잘 듣지 않는 고양이를 달래듯 막 기도로 올라오려는 마나에 정신을 집중하며 속으로 외쳤다.

'돌아라… 제발 돌아!'

김지웅이 그렇게 외치자, 기도를 통해 밖으로 빠져 나오려던 마나는 움찔하며 흔들리기 시작했다.

그 모습에 지웅은 더욱 정신을 집중해 외쳤다.

'돌아라!'

그때, 기도로 나오던 마나의 일부가 지웅의 바람대로 방향을 틀어 그의 심장 표면을 타고 흐르기 시작했다.

한 가닥의 마나가 지웅의 염원에 따라 흐르기 시작하자, 그 뒤로 마치 꼬리에 꼬리를 물듯 마나들이 흐르기 시작했다.

'그래, 너도. 그래…….'

심장에 모여드는 마나가 하나둘 자신의 염원대로 심장 표면을 돌기 시작하자, 지웅은 살짝 흥분하며 마음속으로 중얼거렸다.

하지만 너무 흥분해 정신이 흐트러진 것일까? 흐름이 끊기면서 몸속을 관조하던 정신이 멀어지고, 지웅은 곧 아무것도 느끼지 못하게 되었다.

"아… 조금만 더 하면 될 것 같았는데."

괜한 흥분 때문에 깨어나 버린 지웅은 안타까움에 눈을 떴다가 다시 감았다.

"이번에는 흥분하지 말고… 끝까지 평정심!"

그는 다시금 자신을 타박하듯 다짐하며 다시 명상에 들었다.

이미 한 번 성공해서 그런지 금방 무아지경의 상태가 될 수 있었다.

김지웅이 관조 상태에 들어가자, 마나는 조금 전 그랬던 것처럼 지웅의 심장을 타고 회전하기 시작했다.

한 가닥 가는 선으로 된 원을 그리며 심장 주위를 돌던 마나는, 한 바퀴 회전한 뒤에는 또 다른 가닥을 끌고 움직여 갔다.

동시에 지웅의 심장은 마치 잠에서 깨어난 것처럼 힘차게 뛰었다. 결코 심장이 무리를 하기 때문에 그런 것은 아니었다.

지웅은 본능적으로 왠지 자신의 심장이 이전보다 더 강력해졌다고 느꼈다.

그것은 마치 처음 헌터가 되기 위해 마정석의 에너지를
몸에 주입했을 때 느꼈던 그 느낌과 비슷했다.

Chapter 8
집으로 돌아온 정한

　계절이 계절이다 보니, 계곡은 단풍으로 울긋불긋 물들어
있었다.

　하지만 아름다워 보이는 모습과 다르게 그 안에서는 인간
과 몬스터의 생존을 건 전투가 벌어지고 있었다.

　크아!

　"죽여!"

　챙! 챙!

　푹!

　크악!

　얼룩무늬 전투복을 입은 군인들이 각각 몬스터를 둘러싸

고 있었다. 몰록들이었다.

몰록이 흥성을 내지르며 날뛰고, 군인들은 각자가 포위하고 있는 몰록들과의 거리를 유지하기 위해 안간힘을 썼다.

"맡은 몬스터를 처리한 사람은 어서 다른 사람을 돕는다!"

지휘관의 독려를 들으며, 몰록을 죽이는 데 성공한 몇몇 군인들은 빠르게 주변을 살펴 도움이 필요한 동료들을 찾아 합류했다.

전투는 점점 군인 쪽에 유리하게 전개되었다.

처음부터 몬스터에 비해 수적으로 우세했고, 무리를 분리시켜 포위하는 방식으로 전투를 끌고 간 것이다.

뿐만 아니라 군인들은 각자 역할에 맞게 방패를 들고 몰록의 공격을 방어하거나, 원거리에서 크로스 보우를 들고 저격하거나, 원거리 사수에게 접근하지 못하게 근거리에서 몬스터의 시선을 끄는 등 유기적으로 움직였다.

포지션을 잡고 체계적으로 움직이다 보니 무리에서 수 마리씩 떨어져 그들을 상대하던 몰록들이 하나둘 쓰러지고 있었다.

"얼마 남지 않았다. 더 밀어붙여!"

"알겠습니다!"

군인들의 손이 더욱 바빠졌다.

크아악!

마지막 몬스터가 비명을 지르며 쓰러졌다.

전투를 지켜보며 그들을 독려하던 대대장이 군인들을 집결시키며 말했다.

"각 중대장들은 상황 보고해."

"1중대, 이상 무!"

"2중대, 이상 무!"

"3중대, 탱커 중상! 후송이 필요합니다."

"4중대, 근접 딜러 둘 부상! 치료 요망!"

1중대와 2중대에서는 나오지 않았지만, 3중대와 4중대에는 부상자가 몇 존재했다.

보고를 받던 대대장의 표정이 굳어졌다.

"뭐야? 겨우 몰록 무리를 상대로 부상이라니, 이 자식들……."

다른 몬스터도 아니고 겨우 몰록이다. 비록 숫자는 많았지만 몰록은 몬스터 중에서도 최하급으로, 다른 몬스터의 먹이에 지나지 않는 가장 약한 몬스터였다.

게이트 사태 초기에야 몬스터에 대해 알지 못했기에 몰록에게도 많은 피해를 입었지만, 세월이 흐르고 몬스터에 대한 정보를 파악하면서 그때와 같은 피해는 더 이상 발생하지 않고 있었다.

더욱이 지구에 고립된 몬스터들은 시간이 지날수록 점점 약해진다. 반면 인간은 몬스터의 몸에서 나온 마정석을 이용해 헌터란 초인들을 만들어냈다.

게이트를 통과한 직후에는 일반 성인의 다섯 배 정도의 힘을 가지는 몰록이지만, 지구에서 시간이 흐르면서 점점 약화되어 지금은 두 배 정도의 힘을 내었다.

이젠 몰록은 그리 위험한 몬스터가 아니다. 특히 헌터들에게는 마음만 먹으면 쉽게 잡을 수 있는 몬스터였다.

그런데 이런 최하급 몬스터에게 자신의 부하들이 다쳤다는 말에 대대장은 인상을 찌푸렸다.

"겨우 몰록 따위에 부상자가 발생했단 말이야? 3중대장."

"중위 최중현!"

"어떻게 훈련을 시켰기에 몰록을 상대로 부상자가 나오나?"

"시정하겠습니다."

3중대장이 그렇게 대대장에게 깨지고 있을 때, 똑같이

부상자가 발생한 4중대장의 표정이 썩어갔다.

"4중대장."

"중위 한세형!"

한세형이 급히 대답하기 무섭게, 대대장의 원색적인 질책이 날아왔다.

"내 진작 알아봤지. 이래서 낙하산 새끼들은 현장에 나오면 안 된다니까."

그러나 한세형은 아무런 말을 하지 못했다.

물론 그도 할 말은 있었지만, 겨우 중위가 직속상관이 하는 말에 토를 단다는 것은 군에서 있을 수 없는 일이었다.

그래서 억울하지만 듣고 있을 수밖에 없었다.

솔직히 3중대와 4중대에 부상자가 발생한 것은 전적으로 지형적 불리함 때문으로, 1, 2중대보다 많은 숫자의 몬스터들이 몰렸기 때문이다.

2대대장은 개명산으로 도망친 몰록들이 민가로 내려가지 못하게 포위 섬멸 작전을 구상했다. 작전상 3중대와 4중대는 집결지에서 멀리 돌아가야만 했는데, 그 탓에 3중대와 4중대가 미처 자리를 잡기도 전에 몰록의 습격을 받게 된 것이다.

그나마 3중대는 2중대와 가까이 있었기에 처리를 끝낸

2중대의 도움으로 한 명이 부상을 당하는 데 그칠 수 있었다.

그러나 4중대는 1중대가 미처 몰록 무리를 발견하지 못하고 지나간 탓에 주변에 몬스터가 없다고 판단해 방심을 하였고, 두 명의 부상자가 나온 것이다.

사실 4중대의 피해는 원칙적으로 수색을 제대로 하지 못한 1중대의 책임이 컸다.

하지만 대대장은 그런 것을 따지지 않고, 부상자가 가장 많이 발생했다는 이유로 4중대와 4중대장을 비난한 것이다.

자신의 인사고과에 부정적으로 작용할지도 모를 오점을 남겼다는 이유에서였다.

그런 대대장의 심리를 알고 있는 다른 부대원들의 표정도 그리 좋지 못했다.

어찌 되었든 부하가 부상을 당했는데, 치료를 우선하기보다 그 책임에 대해서만 왈가왈부하는 지휘관의 모습은 결코 좋아 보이지만은 않았다.

"돌아가서 보자, 어? 1중대와 2중대는 주변을 수색하고, 3중대와 4중대는 일단 부상병을 데리고 집결지로 하산한다."

대대장은 혹시나 남은 몰록이 있을지 모른다는 생각에 결원이 없는 1중대와 2중대에게 수색 명령을 내리기로 했다. 동시에 부상자가 발생한 3중대와 4중대는 먼저 하산하도록 지시했다.

명예욕이 강하긴 하지만 판단 능력이 떨어지는 인물은 아닌 듯했다.

3중대장인 최중현 중위가 급히 정한을 찾았다.

"정 중사."

"중사 정정한."

"이 중사 데리고 빨리 내려가서 후송 보내라."

"예, 알겠습니다."

정한이 얼른 대답했다. 솔직히 말은 안 하고 있었지만, 동기인 이진한이 몬스터의 기습에 큰 부상을 입고 쓰러진 것에 속으로 발을 동동 구르고 있던 참이었다.

"권진국 중사와 함께 후송하겠습니다."

"그렇게 해."

중대장의 허락을 받은 정한은 권진국 중사를 불러 급히 들것을 만들었다.

산에서 부상자를 옮기는 것은 여간 힘든 일이 아니다. 정신을 잃은 부상자를 옮기려면 안전하게 잘 고정시켜야 한다. 더욱이 이진한은 현재 중상으로 생명이 위급한 상황이라 한시라도 빠르게 후송을 보내야 했다.

그래서 임시로 들것을 만들어 이동하기로 한 것이다.

정한은 상의를 벗고 권진국 중사의 상의도 벗겨 임시로 들것을 만들었다. 비록 전투복 상의 두 벌로 만든 것이지만 생각보다 튼튼했다.

들것에 정신을 잃고 있는 이진한 중사를 싣고, 움직이지 못하게 전투화 끈으로 묶었다.

"먼저 내려가겠습니다."

보고를 마친 정한이 바로 산 밑으로 뛰기 시작했다. 권진국 중사도 정한과 들것을 든 채 발을 맞춰 뛰었다. 이진한이 실려 있는 들것이 최대한 흔들리지 않도록 호흡을 맞추는 것이다.

4중대도 바로 호송할 인원을 따로 뽑은 뒤, 부상자를 어깨에 메고 산 아래로 뛰기 시작했다. 4중대 부상자는 다행히 그리 심각하지 않은 부상이었기에 들것을 만들 필요가 없었다.

4중대는 오히려 먼저 출발한 진한과 권진국보다 빠르게 집결지인 오동골에 도착해 부상자를 후송할 수 있었다.

✝   ✝   ✝

"하압!"

휘익!

타라칸의 둥지 앞 공터에 커다란 기합성이 울렸다.

쾅!

그러자 바로 폭음과 함께 주변에 먼지가 확 일어나며 주변이 자욱해졌다.

"콜록, 콜록!"

밖으로 나오던 김지웅은 갑자기 덮쳐온 먼지를 뒤집어쓰고 연신 기침을 했다. 그는 손을 휘저으며 조금 전 먼지구름을 만들어낸 장본인을 쏘아보았다.

"아, 형님! 먼지 좀 안 나게 하실 수 없어요?"

하지만 조금 전 그레이트 소드를 휘두른 이정진은 취한 자세 그대로 굳어, 김지웅의 말을 들었는지 못 들었는지 제자리에서 꼼짝도 하지 않고 있었다.

"후……."

한동안 꼼짝하지 않던 이정진은 깊게 숨을 들이마셨다가 다시 내쉬며 자세를 풀었다. 지켜보던 김지웅이 얼른 물었다.

"형님, 성공하셨어요?"

"응, 성공하긴 했는데… 생각보다 약해. 또 준비 시간이 너무 오래 걸려. 실전에 써먹으려면 아직 멀었다."

이정진은 심상 수련을 할 때 그레이엄이 선보였던, 마나를 검에 집중해 원거리에 떨어져 있는 목표를 타격하는 기술을 익히기 위해 노력하고 있었다.

며칠을 꼬박 쏟아부은 결과, 비슷하게나마 구현을 하는 것에는 성공을 했지만, 실전에 써먹기엔 걸리는 것이 너무도 많았다.

우선적으로 기술을 쓰기까지의 시간이 너무도 길었다. 실전에서 이렇게 시간을 허비했다가는 100% 몬스터의 공격에 당할 것이다.

거기다 힘들게 성공해도, 생각보다 위력이 나오지 않았다.

그레이엄이 선보였던 그것은 단단한 벽에 커다란 구멍을 뚫어놓을 정도로 강력했는데, 자신이 성공한 기술은 겨우 나무둥치에 상처를 내는 정도에 그쳤다. 그나마도 겉껍질만 벗겨졌을 뿐이다.

이런 수준으로는 실제 몬스터에게 타격을 주기란 요원한 일이었다. 차라리 이 기술을 쓰기보다 직접 타격을 하는 것이 더 효과적일 것이다.

기껏 노력한 보람도 없이 형태만 흉내를 낸 정도에 그친 것에 조금 화가 났다. 이정진은 들고 있던 그레이트 소드를 땅에 꽂듯이 내려놓았다.

그걸 본 김지웅이 머리 뒤로 깍지를 끼며 위로했다.

"에이, 그 정도만 해도 어디에요. 그리고 교관이 그랬잖아요, 집중하라고."

"아!"

이정진이 순간 탄성을 질렀다. 자신에게 뭐가 부족했는지 알아차린 것이다.

이정진은 곧바로 몸을 돌려 조금 전 목표했던 표적을 다시 돌아보았다. 그러고는 내려놓았던 그레이트 소드를 다시 서서히 들어올렸다.

김지웅이 얼떨떨한 얼굴로 그를 쳐다보았다.

이정진이 그레이트 소드를 공중에서 한 바퀴 원을 그리며 회전시키자, 그레이트 소드의 블레이드 부분에 밝은 빛이 살짝 어렸다.

"하압!"

이정진은 곧바로 기합과 함께 검을 내려쳤다.

그러자 블레이드에 생겼던 빛은 이정진이 목표로 하던 나무둥치에 직선으로 날아가 부딪혔다.

쾅!

파삭!

이정진과 나무둥치는 멀리 떨어져 있었다. 먼 거리는 아니었지만 그레이트 소드가 직접 닿을 수 없는 거리였는데, 그레이트 소드에서 쏟아진 빛줄기가 정확히 날아가 부딪친 것이다.

여기까지는 조금 전 김지웅이 먼지를 뒤집어썼던 상황과 같았다.

그러나 먼지가 가라앉은 뒤 드러난 결과는 조금 전과는 너무도 달랐다.

지름 10㎝, 깊이 5㎝ 정도의 깊은 상처가 나무둥치에 나 있었다.

물론 그레이트 소드에 쏟아 넣은 마나에 비해 만족스러운 결과는 아니지만, 나아졌다는 것에 이정진의 얼굴이 다소 펴졌다.

이 정도 위력이면 최하급 몬스터 정도는 한 방에 처리를 할 수 있을 것이다.

하지만 이정진의 목표는 겨우 최하급 몬스터가 아니다. 최소 중급, 또는 보다 상위의 몬스터였다.

석판을 내놓으며 정진은 그 안에 있는 것을 배우게 되면 아머드 기어가 없어도 손에 든 무기만으로 트롤은 물론이고 오거도 충분히 잡을 수 있을 거라고 했다.

이정진은 정진의 말을 굳게 믿고 있었다.

다음에는 절대 팀원이 몬스터 사냥 중 부상을 당하는 일이 없어야 했다. 그가 수련에 이토록 매달리고 있는 이유였다. 보다 큰 목표를 두고 수련을 하고 있는 것이다.

그리고 그건 이정진뿐 아니라 김지웅을 비롯한 다른 팀 아케인 멤버들도 마찬가지였다.

각자 사용하는 무기는 다르지만, 석판을 통해 각자 자신에 맞는 마나 연공법과 무기술을 배웠다.

동료를 지킬 수 있을 만큼 강한 힘을 목표로 각자가 뼈를 깎는 노력을 기울였다.

이정진이 감을 잃기 전에 조금 더 연습을 하려던 찰나, 김지웅이 넌지시 말을 건넸다.

"그런데 형님, 집에 안 다녀오셔도 되겠어요?"

그런 김지웅의 말에 이정진이 잠시 멈칫거렸다.

김지웅의 사고로 계획이 변경되면서, 집에 돌아가기로 가족들과 약속한 시간을 3일이나 넘겨 버렸다.

물론 걱정하지 않도록 지구로 복귀하는 정진을 통해 말을 전달하긴 했지만, 그래도 너무 오랫동안 가족들을 내버려 두는 것은 아닌지 그도 걱정이 되었다.

"하루아침에 될 것도 아니니, 가서 수련을 한다는 것도 설명하는 편이 좋지 않을까요?"

"음⋯⋯."

"진성이나 현성 형님도 그렇고 재욱이도 가족들이 있으니⋯ 다 같이 돌아가서 가족들을 안심시키고 다시 오는 것이 어떨까 하는데, 어떻게 생각하세요?"

김지웅은 자신의 부상 때문에 팀원들이 이렇게 계획에도 없던 수련을 하느라 뉴 어스에서 집으로 돌아가지 않고 있다는 것이 미안했다.

그런 그의 마음을 아는 이정진도 반쯤 들어 올린 그레이트 소드를 다시 내려놓았다.

"그래, 다른 사람을 통해 이야기를 전달했다고 해도 가족들은 걱정을 하고 있겠지."

"맞아요, 제 말이 그 말이에요."

"그래, 한 번 갔다 오자. 각자 정리하고 이 앞으로 모이라고 전해줘."

김지웅이 잠시 하늘을 쳐다보았다. 뉴 어스의 커다란 태양이 그들을 비추고 있었다.

"그런데 형님, 조금 뒤면 점심 먹을 시간인데요. 점심 먹고 가죠?"

"뭘 또 점심을 먹고 가. 결정된 김에 바로 움직여야지. 그리고 이왕 먹을 거면 전투식량보단 집밥이 더 좋잖아."

그러자 금방 설득된 김지웅이 고개를 끄덕였다.

"그것도 그렇네요. 헌팅도 아니고 집으로 가는 건데, 굳이 맛도 별로인 전투식량을 먹는 것보단 좀 참았다가 집밥 먹는 게 더 좋죠. 말하고 올게요."

김지웅은 말을 마치자마자 바로 캠프로 뛰어 올라갔다. 김지웅의 뒷모습을 잠시 웃으며 지켜보던 이정진도 수련을 마무리하고 짐을 정리하기 위해 캠프로 향했다.

✝   ✝   ✝

서울 용산 국군 통합 병원.

이곳은 군 통합 병원이 생기기 전, 주한 미8군이 주둔하고 있던 지역이다.

2000년 9월, 전 세계적인 게이트 발생으로 미국은 몬스터로부터의 방위를 위해 해외 기지를 축소했다. 주한 미군의 숫자가 줄면서 1996년 합의한 미군 기지 이전이 신속하게 이루어졌다.

이후, 주한 미군이 사용하던 용산 기지의 부지에는 새로
한국군의 통합 병원이 설립되었다.

이곳 병원 복도 여기저기에 군복과 함께 하얀 가운을 입
은 군의관들과 간호장교들이 분주히 뛰어다니고 있었다.

"으으!"

"진통제! 진통제 좀!"

"조용히 안 하나! 여기가 무슨 도떼기시장인 줄 알아?"

간간히 고통을 참지 못하고 터져 나오는 비명과, 환자에
게 고함을 지르는 군의관의 목소리가 들렸다.

뚜벅뚜벅.

정한은 그런 소음을 뒤로 하고, 동기인 진한의 병실을 찾
았다. 부상을 당한 동기를 면회하기 위해 잠시 짬을 내 찾
아온 것이다.

똑똑.

병실 문을 노크한 정한이 살며시 문을 열었다. 안으로 들
어간 정한은 순간 눈살을 찌푸렸다. 병실의 청결도가 엉망
이었다.

물걸레로 닦았다고는 하지만 얼룩이 그대로 보였고, 침상
을 나눠놓은 커튼도 누리끼리한 것이 세탁을 언제 했는지

알 수 없었다. 이런 곳이 병원이 맞나 싶을 정도로 열악한 환경이었다.

'다치면 사설 병원에, 죽이려면 군 병원에' 라는 말이 있다는 건 그도 알고 있었지만. 이건 상상 이상이었다.

불결한 병실에서 심한 부상으로 고통스러울 텐데도, 침상에 누워 있던 진한이 밝은 표정으로 그를 맞았다. 그가 면회를 왔다는 것이 기꺼운 듯했다.

"왔나?"

"그래, 몸은 좀 어떠냐?"

정한이 애써 표정을 고치며 조용히 물었다.

"그냥 그렇지 뭐."

대답하는 이진한의 표정은 언뜻 밝은 듯했으나, 정한은 그 얼굴 한편에 자리 잡고 있는 어두운 일면을 어렵지 않게 눈치챌 수 있었다. 뭔가 숨기는 것이 있는 모양이었다.

그러나 정한은 애써 캐묻지 않고 시선을 돌렸다.

이진한의 부인이 보이지 않았다.

"제수씨는 어디 갔냐?"

이진한의 부인인 영은과는 그도 면식이 있었다. 사실 권영은, 즉 권진국 중사의 동생을 처음 소개 받은 사람이 그였다. 그러나 정한은 집안 형편 때문에 결혼은 전혀 생각이 없었기에, 그저 친구로 지내고 있었다.

그러던 차에 우연히 이진한이 자신이 있는 중대로 전출을 왔고, 세 사람이 함께 어울리다 보니 자연스럽게 친해졌다. 정한의 적극적인 도움으로 이진한과 권영은 급속히 가까워졌고, 양가 부모님의 허락을 얻어 결혼에 골인하였다.

사실 정한으로서는 작전 초기에 이진한이 부상을 당해 후송된 후, 걱정이 이만저만이 아니었다. 이진한도 걱정이지만 그를 내내 걱정하고 있을 권영은 또한 심장이 내려앉는 기분이었을 것이다.

"군의관이 잠깐 불러서 갔지. 조금 있으면 올 거야."

"그러냐. 군의관은 뭐라는데?"

정한은 그가 아직까지도 병원 침상에서 벗어나지 못하고 있는 것이 의아했다.

몬스터 대응군 중 일선에서 활동하는 이는 모두 헌터처럼 마정석을 정제한 에너지를 주입 받게 된다. 때문에 웬만한 부상은 자연 치유력으로 회복할 수 있었다.

더욱이 이진한의 부상은 비록 위험하긴 했지만, 응급치료만 받으면 치유력을 통해 회복될 수 있는 정도였다.

그래서 금방 회복하고 복귀할 줄 알았는데, 후송된 지 보름이 지난 지금도 이진한은 별로 상태가 좋아보이지 않

있다.

"아무래도… 나 전역해야 할 것 같다."

"뭐?"

정한은 이진한의 말에 깜짝 놀라 눈을 크게 떴다.

"전역한다니, 그게 무슨 소리야?"

"수술이 잘못된 것 같아."

"뭐가 어떻게 잘못됐길래 전역까지 한다는 거야?"

"부대에서 재촉을 해서… 좀 일찍 회복하기 위해 수술을 했는데, 회복이 안 되고 있다."

정한은 어처구니가 없었다.

"아니, 며칠이나 됐다고… 부대에서 재촉을 했다고?"

이진한은 무슨 말을 더 하려다 말고, 이내 고개를 저었다.

"하, 그 이야긴 그만하자. 아무튼 낫지를 않으니 어쩌겠어, 전역해야지……."

정한은 기막힌 심정이었지만, 이진한의 어두운 표정에 쉽게 입을 뗄 수 없었다.

그때, 뒤에서 익숙한 목소리가 들렸다.

"오셨어요?"

정한은 병실로 돌아온 권영은을 돌아보았다. 어딘지 조금

지친 듯한 표정이었다.

"영은아, 혼자서 많이 힘들지?"

"아니에요."

"군의관에게 갔었다며. 뭐라고 하던?"

그가 물어보자, 영은은 대답하지 않고 눈물을 글썽이더니 이내 고개를 숙여 버렸다. 뭔가 크게 잘못되었다는 것을 느낀 정한은 더 이상 그녀에게 물을 수 없었다.

이진한도 영은이 소리를 죽이고 우는 모습을 바라보다 어금니를 깨물고는 고개를 돌렸다.

그를 돌아본 정한은 주먹을 꾹 움켜쥐었다.

"무슨 일이야?"

이진한은 정한이 분노한 얼굴을 보고 슬픈 표정을 지었다가, 이내 고개를 저었다.

"아무것도 아냐. …아니, 그냥 모른 척 해줘라. 너까지 곤란하게 만들기 싫다."

교육을 받을 때부터 친해져 오랫동안 보아온 탓에, 그는 정한의 가정 형편을 잘 알고 있었다. 혹시 자신의 일로 정한이 피해를 본다면 견딜 수 없을 것이다.

그 심정을 아는 정한은 더 이상 아무런 말을 할 수가 없었다.

한동안 병실은 정적 속에 내려앉았다. 먼저 침묵을 깬 것은 정한이었다.

"그래. 난 이만 가볼게. 몸조리 잘해라."

"너도 조심하고, 무리하지 마라. …내가 경험해 보고 하는 말인데, 자기 몸은 자기가 아껴야 해. 위험한 일은 최대한 피하고 조심해라."

의미심장한 진한의 말에 정한은 말없이 고개를 끄덕이고는 자리에서 일어났다.

"영은아, 너도 힘내고. 오래 못 있어서 미안하다."

"아니에요, 오빠. 오빠도 몸조심하세요."

"응, 진한이 잘 부탁한다. 갈게."

입술을 꾹 깨문 채 진한의 병실을 나온 정한은 바로 군의관실로 향했다.

똑똑.

군의관실에서 진료카드를 보고 있던 이준수 중위는 노크 소리에 고개를 들었다.

군의관실에 들어온 정한은 일단 경례를 하며 군의관을 보았다.

"단결!"

"어디서 오셨습니까?"

"중사 정정한. 저는 몬스터 대응군 소속으로, 여기 입원해 있는 이진한 중사의 동기입니다."

이준수 중위는 정한이 무엇 때문에 자신을 찾아 온 것인지 금방 깨달았다.

"그래, 무슨 일이십니까?"

이준수는 정한을 함부로 대할 수가 없었다. 이것은 계급과는 상관없이 정한의 분위기 때문이었다.

몬스터 대응군은 모두 헌터와 같이 특수한 사람들이다.

그러다 보니 몬스터 대응군에게서는 몬스터와 비슷한, 사람을 움찔거리게 하는 분위기를 느낄 수 있었다. 일반인들은 헌터나 몬스터 대응군에 대해 위압감을 느껴 조금 꺼리는 것이 대부분이었다.

"이진한 중사의 상태를 알고 싶습니다."

조용히 심호흡을 한 이준수 중위가 담담한 표정으로 대답했다.

"알려줄 수 없습니다."

"그게 무슨 말씀이십니까? 알려줄 수가 없다니… 무엇 때문입니까?"

정한이 따지듯 물었다.

하지만 이준수 중위의 표정은 한결같았다.

"군의관도 의사입니다. 환자의 비밀은 본인이나 직계가족, 또는 배우자가 아니면 알려드릴 수 없습니다."

"…알겠습니다."

단호한 답변을 들은 정한은 더 이상 할 말이 없었다. 결국 고개를 떨구고 군의관실을 나와야 했다. 답답한 마음을 주체할 수가 없었다.

동기인 이진한은 가족 외에 처음으로 마음을 연 사람이었다.

아니, 사실 가족에게 말할 수 없는 고민을 의논할 정도로 이진한은 정한에게 소중한 친구였다.

집에 계신 아버지가 떠올랐다. 미안함과 분함, 서글픔이 뒤섞인 아버지의 표정. 병실을 벗어나며 마지막으로 본 이진한의 표정은 아버지와 꼭 닮아 있었다.

"제길!"

국군 통합 병원을 나온 정한은 분노가 치밀어 길바닥에 떨어져 있는 깡통을 걸어찼다.

깡! 까가강! 떼구르르!

요란한 소음이 일었다.

정한은 친구에게 아무것도 해줄 수 없는 자신이 너무나도 꼴사납게 느껴졌다. 깡통의 시끄러운 소음은 이미 귀로 들어오지 않았다.

✝   ✝   ✝

"중대장님! 뭔가 알고 계신 게 아닙니까?"

병원에서 궁금증을 해소하지 못한 정한은 부대에 복귀한 뒤, 직속상관인 최중현 중위를 찾아가 따져 묻고 있었다.

"정 중사. 지금 뭐 하는 짓인가?"

"중대장님!"

중대장이 인상을 찌푸리며 물었지만, 정한은 전혀 아랑곳하지 않았다. 속에서 천불이 나는 듯했다.

"말씀해 주십시오."

"뭘 말이야?"

무엇 때문에 그러는지 짐작은 하고 있다. 그러나 최중현 중위는 어떤 말도 할 수가 없었다.

괜히 말을 했다가 소문이 퍼지기라도 하면 군의 사기가 떨어질 것이 분명하다. 말할 수 있을 리 없었다. 최중현 중위는 불같은 정한의 눈길을 애써 외면했다.

"난 할 말 없다. 그만 자리로 돌아가도록."

헌터 프론티어

정한이 이를 부득 물었다.

"말씀해 주십시오. 그러기 전까지 이 자리에서 한 발자국도 움직이지 않겠습니다."

"허, 지금 뭐 하자는 거야?"

그러나 정한은 대답하지 않았다. 중대장은 그 모습에 기가 차다는 듯 소리쳤다.

"여기가 지금 어디라고 생각하는 건가! 당장 군장 꾸려 군기 교육대로 가!"

쾅!

그러고는 자리를 박차고 나가버렸다.

중대장실에 홀로 남은 정한이 한숨을 내쉬었다. 그 속에는 장교 이상의 간부들만 알고 있는 부대 내 비밀의 존재에 대한 확신과, 병사들의 희생에도 사실을 은폐하는 부당함에 대한 분노가 담겨 있었다.

중대장실을 빠져나와 숙소로 돌아온 정한은 관물을 챙기기 시작했다.

마음이야 부상을 당한 진한이나 군의관, 그리고 중대장까지 숨기고 있는 것이 대체 무엇인지 알아내기 위해 당장 무슨 일이라도 할 수 있었지만, 군인은 군인이기에 명령대로 해야 했다.

군장을 꾸리고 막사 앞에 서니, 언제 보고를 받았는지 행정보급관이 나와 있었다. 정한이 그에게 다가갔다.

"행보관님."

"응?"

"행보관님도 알고 계십니까?"

"뭘 말인가?"

"이진한 중사 말입니다."

행보관은 더욱 의아한 표정을 지었다.

"이진한 중사?"

"예, 오늘 면회를 다녀왔는데, 전역을 한다고 합니다. 어떻게 된 일인지 아십니까?"

"이 중사가 전역을 한다니? 몰록 잡다 부상을 당한 것인데, 겨우 그 정도로 전역을 한다고?"

행정보급관인 김응주 상사가 고개를 갸웃거렸다.

"모르셨습니까?"

"그래. 대체 무슨 소리야? 자세히 말해봐."

정한은 행보관에게 오늘 면회를 가서 알게 된 것들을 모두 설명했다.

김응주 행보관의 표정이 마치 석고상마냥 굳어졌다. 중대 내에 자신이 모르는 뭔가가 벌어지고 있었다.

헌팅 프론티어

행정보급관으로서 결코 좌시할 내용이 아니라 생각한 그는 방금 전 밖으로 나간 중대장을 찾아 나섰다.

"너 여기서 잠깐 대기하고 있어 봐."

"알겠습니다."

정한을 명령 불복종으로 군기 교육대에 보내기 위해 나왔던 김응주는 굳은 표정으로 다시 중대로 들어갔다.

그리고 잠시 뒤, 중대장실에서 김응주 상사와 최중현 중위가 다투는 소리가 들려왔다.

"부대 내 무슨… 알아야겠습니다. 중대장님……."

"행보관, 지금… 하는……."

"방금 전… 들었습니다. 이진한 중사… 어떻게 된……."

"……."

"…니까? 중대장님이… 부상… 누가……."

정한은 중대장실에서 들려오는 소리를 좀 더 자세히 듣기 위해 귀를 기울였다. 하지만 너무도 멀리 떨어져 있어 드문드문 알 수 있을 뿐, 자세히 들리지 않았다.

다만 진한의 이름이 언급되는 것을 보면 행보관이 자신이 했던 이야기를 하는 듯했다.

큰 소리가 들리던 것이 잠시 잠잠해졌다.

정한은 소리가 거의 들리지 않자 좀 더 중대장실 가까이 이동하며 더욱 귀를 기울였다.

쾅!

그때, 뭔가 부딪히는 소리와 함께 김웅주 상사의 고함 소리가 들렸다.

"그게 지금 국가를 위해 헌신한 부사관에게 할 조치입니까?!"

"윽."

정한은 큰 소리에 깜짝 놀라, 자신도 모르게 소리를 냈다. 최대한 자세히 듣기 위해 귀를 기울이고 있다가 갑자기 큰 소리가 나자, 고막이 찢어질 듯 아파왔다.

'대체 무슨 말을 들으셨길래 행보관님이 저러시는 것이지?'

정한은 평소 무척이나 침착하고 차분한 김웅주 행보관이 저렇게 흥분한 것에 놀랐다. 평소 돌부처라고 불릴 정도로 조용한 그가 무슨 소리를 들었기에 저러는지 이해가 가지 않았다.

✝   ✝   ✝

서울특별시 관악구 난곡동.

정한은 부대에 전역을 신청하고 집으로 왔다.

하지만 집은 텅 비어 있고 아무도 없었다.

황당하기 짝이 없었다. 어떻게 이사를 가면서 자신에게 알리지도 않을 수 있단 말인가?

거기다 아버지 약값도 버거운 살림에 어디로 이사를 간 것인지 그것도 의문이었다.

"이사를 가면 간다고 연락이라도 하던가."

혼잣말을 하던 정한은 결국 어디론가 전화를 걸었다.

딸깍.

저편에서 전화를 받는 소리가 들리자, 정한이 바로 물었다.

"형인데, 어디로 이사 갔냐?"

자신이 누구인지 일체 말도 없이 궁금한 것만 짧게 물어보는 질문에도, 전화를 받은 사람은 별로 당황하지 않은 듯했다.

"알았다. 집에서 이야기하자."

상대는 이어서 뭔가 말을 하려고 했지만, 정한은 그 이야기를 듣지 않고 바로 전화를 끊어버렸다.

"돈이 어디서 나서 그곳으로 이사를 한 거야?"

전화를 끊은 정한은 고개를 갸웃거렸다. 도저히 이해할

수 없는 이야기를 들었기 때문이다.

난곡동은 서울시에서 집값이 가장 싼 동네 중 하나다.

그가 통화한 사람은 다름 아닌 막내 정정수였다. 정수의 이야기에 따르면, 가족들이 전부 보라매동으로 이사를 했다는 것이다.

물론 보라매동도 서울 전체로 보면 그렇게까지 비싼 동네는 아니지만, 그래도 난곡동보다는 훨씬 집값이 비싼 동네였다. 헌터 협회가 가까이 있고, 또 많은 편의 시설들이 모여 있는 곳이기 때문이다.

어려운 살림에 그런 곳으로 이사를 했다는 말에 정한은 뭔가 자신이 모르는 일이 가족에게도 일어났다고 생각했다.

'사채를 쓴 건가?'

정한은 가정 형편이 너무 어려운 나머지 손대지 말아야 할 것에 손댄 것이 아닌가 하는 의심마저 들었다. 만약 그렇다면 안 그래도 어려운 집안이 완전히 패가망신하는 것은 일도 아니었다.

정한은 급히 버스를 타고 막내가 알려준 주소를 찾아갔다.

'아무리 형이지만 진짜 가만두지 않겠어.'

버스를 타고 가는 내내 그 생각뿐이었다.

저절로 돈이 나올 구석이 없으니, 형이 사고를 친 것이라고 생각할 수밖에 없었다.

정한은 자신의 형이 가족들을 위해 고생한 것을 잘 알고 있었다. 하지만 그것과 별개로 용서할 수 없는 문제라고 생각했다.

이윽고 버스에서 내린 정한은 주소지에 나온 집을 찾아 걸었다.

그때, 뒤쪽에서 누군가의 목소리가 들려왔다.

"오빠!"

자신도 모르게 뒤를 돌아본 정한은 순간 그 사람을 알아보지 못했다. 몇 초가 지난 후에야 뒤에 서 있는 아가씨가 자신의 동생이란 것을 깨달았다.

"…정은이?"

"응, 나야. 오빠가 어쩐 일이야? 휴가 나왔어?"

정은은 오랜만에 보는 둘째 오빠에게 반가움과 호기심이 섞인 눈빛을 보냈다.

"야, 이사를 가면 간다고 이야기를 해줘야 할 거 아냐? 아냐, 지금 이게 중요한 게 아니지. 집 어디야, 앞장서."

흥분한 정한은 정은의 질문에 답은 하지 않고 자신의 할 말만 하고 있었다.

"아니, 근데 이 사람이 지금… 휴, 얘들아. 나 아무래도 가봐야겠다. 내일 보자."

정한을 뒤로 꾹 밀어낸 정은이 뒤에 있던 친구들을 향해 말하자, 정한을 쳐다보던 친구들이 고개를 끄덕이며 멀어졌다.

친구들이 사라지자 정은이 정한을 흘겨보았다.

정한은 그 눈빛에 잠시 식은땀을 흘리다, 문득 든 생각에 고개를 갸웃거렸다.

"그런데 너, 지금 시간이면 알바할 시간 아니냐?"

그러자 정은이 뿌듯한 미소를 지었다.

"큰오빠가 알바 그만두고 공부하라고 해서 그만뒀어."

"뭐?"

정한이 놀라 쳐다보자, 정은은 다시 그를 흘겨보았다.

"뭘 그리 놀라? 큰오빠가 그동안 무슨 일을 했는지 알아? 그리고 말은 바로 해야지. 우리가 연락을 하지 않은 게 아니라, 오빠가 연락처를 안 가르쳐 준 거잖아!"

정한은 자신이 몬스터 대응군에 지원한 것을 가족에 알리지 않기 위해, 자신이 속한 부대에 관한 어떤 말도 하지 않았다.

때문에 집에서는 이사를 하고서도 정한에게 연락을 할 수가 없었다. 정진이 이계에서 실종이 되었을 때도, 정은은 작은오빠인 정한에게 연락을 하려고 했으나 그럴 수 없었다.

예전 일이 떠오르자 은근히 울분이 치민 정은이 정한의 등허리를 세게 쥐어박았다.

"악! 아니, 그럴 일이 좀 있었어. 미안하다. 이제 집에 가자."

비명을 지른 정한이 급히 화제를 돌리며 앞으로 걸어갔다.

"그쪽 아니야."

정한이 걷던 걸음을 멈추고 뒤를 돌아보았다.

"어휴, 따라와."

정한은 뻘쭘하게 앞장서서 걸어가는 그녀의 뒤를 따라갔다.

이윽고 국사봉 자락에 위치한 커다란 집 앞에 선 정은이 초인종을 눌렀다.

'여기라고?'

마당까지 딸린 커다란 집이었다. 정한은 놀라면서도 걱정이 태산이었다.

'정말로 사채에 손댄 것은 아니겠지?'

걱정이 되는 한편, 가슴 한편에 답답함이 밀려왔다.

— 누구시오?

스피커에서 굵은 남자 목소리가 들려왔다.

"아빠, 나 정은이."

'뭐지?'

그것은 아버지의 목소리였다.

정한은 너무도 이상한 기분이 들었다. 뭔가 비현실적으로 느껴졌다.

대문이 열리고, 안으로 들어가자 현관 앞에 서 있는 아버지의 모습이 보였다.

"아버지!"

"정한이 왔구나. 어서 와라."

정한은 아버지의 모습에 놀라, 걱정하던 것도 잊고 말았다.

오래전 헌팅을 하다 부상을 당한 아버지는 혼자서 제대로 거동도 하지 못하셨다. 그 모습을 또렷이 기억하고 있는 정한은 집으로 들어가지도 않고 현관 앞에서 아버지를 붙들고 물었다.

"아버지, 어떻게 되신 거예요? 다 나으신 거예요?"

"그래, 네 형 덕에 다 나았다."

정한은 아버지의 뒤이은 이야기가 귀에 들어오지 않았다.

아버지의 부상은 정한에게 무척이나 큰 트라우마였다. 집안이 기울어지기 시작한 이후, 아직 미성년이던 형 정진이 생계에 뛰어들어야 했다.

어려운 형편에 힘겹게 가계를 이어가는 형을 보면서 정한은 늘 마음이 답답했다. 형을 돕고 싶었지만 나이가 어렸던 그는 큰 도움을 줄 수 없었다.

정한은 학교를 졸업하자마자 바로 군에 지원을 하여 직업 군인이 되었다. 자신이라도 제 한 몸 건사할 수 있게 되는 것이 정진의 부담을 덜어주는 길이라고 생각하여 내린 결정이었다.

가족들에게 연락을 자주 하지 않은 것도 그런 이유에서였다.

그런데 그렇게 자신이 떨어져 있는 사이, 형은 남은 동생들을 돌보면서 아버지를 치료한 것이다.

오랜만에 보는 가족들의 건강한 모습이 한없이 기쁘면서도, 한편 그동안 자신은 무엇을 하고 있던 건지 머릿속이 어지러웠다.

"어서 들어가자. 군에서 고생 많았지?"

아버지 정수현은 눈물이 그렁그렁 맺힌 정한의 눈을 보며 밝게 미소를 지었다.

"너 없는 동안 네 형이 고생 많았다. 형 오면 고생했다고 말이라도 해줘라."

정수현은 간단하게 거실에 앉아 정한의 손을 붙잡고, 그동안 가족들에게 일어난 일들을 들려주었다.

정은이 언제 꺼내왔는지 과일을 깎아 접시에 담았다.

〈『헌팅 프론티어』 제7권에서 계속〉